德國丈夫

陳玉慧

難道我們只是被夢者？——英格褒・巴赫曼致保羅・策蘭

慕尼黑的偶遇

當我看到你時，我一見鍾情，你微笑對我，因為你知道。——威廉．莎士比亞

十一月的南德，那一天是十六日，慕尼黑歌德廣場，秋天和善地躲在街道的角落，天氣不是太冷，陽光充足，你穿著一件咖啡色的老皮衣，就站在電影院門口，我可能是黑色的大衣和長裙，我吸了一口冷空氣，抬頭走了進去，彷彿像電影院裡有人會看著我走進去，像更早之前在巴黎戲劇學院要上台演出，我是怯生的乃至怯場。售票廳寥寥無幾人，畢竟是大中午，誰會中午去電影院呢，只有你和我，你對我笑著，但我並沒覺得你不懷好意。

我坐在電影院的位置上等開場，正在回頭巡視究竟會有幾個觀眾專程來看史瓦

辛格的喜劇，史瓦辛格懷孕了。我看著你剛好走進來，你後來說，你覺得我的眼光像在邀請你，所以你走過來，坐在我身邊。我問你，一個人來看電影嗎？你說，是的，讓我先把毛衣給脫了吧（ohne pullover last sich besser reden），脫掉毛衣好說話。

脫掉毛衣好說話？

我們都喜歡電影，無論是歐洲藝術電影或好萊塢電影，我們曾經那麼喜歡《魔鬼終結者》裡的史瓦辛格，但這部電影真不是好電影。他在電影裡提到維也納蘋果派（Apfelstrudel），只因為史瓦辛格是奧地利人。他從小立志當美國總統，他有一種本能，他把它叫隧道觀點（Tunnel View），處於逆境時，只要忍耐往前走，便會走向光明。他到今天都一直還喜歡吃蘋果派。走出電影院，你問我，我們是否一起去喝杯咖啡。

我喝甘菊茶，又點了馬鈴薯湯，那一陣子我的腸胃有點不適，經常吃水煮馬鈴薯。我們坐在PALAST電影院旁的咖啡館，那家慕尼黑咖啡館多年都是老樣子，有著美式餐館的那種高靠背座椅，那時我住在城市北邊的高樓，除了寫作，還有一個不太幸福的感情關係。你也是吧，偶爾躲在浴室自慰，女友也寫作，你們經常口角，她認為你的世界太小，而你覺得她酒喝得有點多，且你必須一再為她改稿，因為她始終覺得你的文筆勝過她。你成為她的責任編輯。

她陷入憂愁，因為那一夜，你認識了我。生命如斯美好，也如此殘酷。你當夜選擇離開了她，使她厭食症再度發作，陷入一段漫長的人生低潮。

我那時的男友是聲樂家，養了隻鸚鵡，那一年，他和我一起去他父母家過聖誕節，是他開車，他要鸚鵡坐前座，我坐後座。我說，它是一隻鳥，我是一個人。他說，我知道你是人，它是鳥。他是男中音，我喜歡他唱舒伯特的《冬之旅》和《魔笛》，我陪他去聲樂老師家學發音，我陪他去上表演課，老師說他仍然有些壓抑，感情無法奔放，他逐漸放棄當聲樂家的夢，開始攻讀漢學博士，我為他找了一個沒有人研究過的色情小說題材。

我原來是要和這個人結婚的，只是他的父母不贊成，他的父親說，不然，讓她簽個文件註明「結婚後不能拿到我們家的財產」。我沒想到，他們想到那麼遠去了。我們不但沒結成婚，而且一夜之間便分手了。

讓我們再回到那一天吧。我們坐在靠背沙發上，聊起寫作，我那時喜歡寫散文，散文更能抒發我那簡單又繁複的心思，你突然說，我們一起去舊金山吧？我如夢驚醒。我曾寫過一本書，其中有篇散文，篇名就是〈要不要一起去舊金山〉。那篇文章的結尾是，因為我錯過一次舊金山，一個情人，所以當時任性地做了結論，下一次只要有人問我要不要一起去舊金山，我一定去。

我一定去。因為我預知是你？

你那時正在寫短篇小說，你的短篇內容讓女友及好友大為驚嚇。一個住在德法邊境小城的年輕人，獨自在城裡遊蕩，有一天，毫無理由和一個老寡婦上床，之後，便把她殺了。那個小說的開始，那個年輕人，你自己吧，從小便喜歡拿榔頭把甲蟲敲死，嗅聞那擄你說非常鮮美的汁液。

離開咖啡館，我往地鐵方向，你拉著自行車，「你究竟是誰？」為什麼我們會認識？我想都沒想，我是誰呢，我說，「我是埃及女王，」我脫口而出。那天我在為報社寫稿，稍晚，我約好去專訪一位結識不久的奇特女子。

那位慕尼黑女子強調女性身體意識，在鬧區凱薩街開了一家女性色情玩具專門店，引起轟動。你找了女友最好的朋友西蒙絲一起去，我們舉著香檳杯像在慶祝我們的相遇，站在一堆巨大的假陽具和自慰器前，眾聲喧譁逐漸消失，我和你開始聽不見別人的聲音，沉入兩人的世界。我們去了隔壁的酒吧，我們坐在一起翻閱一本廣告目錄，彷彿像翻閱一本藝術書冊。

我們趣味相投，我們都是普普藝術的愛好者。無論在精神或物質上，我們一生共同喜好的東西幾乎都相像，愛烏及屋，或者愛屋及烏。那時，我們剛好都在讀彼得・韓德克（Peter Handke），也在看溫德斯的電影。

我們談論著我們的寫作，我的採訪，你的編輯，你想停下編輯工作，專心寫一本小說。我也一樣，我必須專心寫一本小說。這就是人生狀態。我們必須停下來寫一本小說。

我們必須認識，因為寫作。

或者，我們必須寫作，因為我們認識。

那一天，十一月十六日，後來這個紀念數字成為我們的車牌號碼。

我們從性玩具店去了餐館，再和西蒙絲一起去市立圖書館附近一家酒吧，酒單上酒名琳琅滿目，我們決定喝威士忌，而單麥威士忌從A到Z也有十多種，我說，那從A開始吧，於是我們喝了Aberlour，我們打算從A喝到Z。從A活到Z。話題仍是寫作。酒吧剛好陳設一本紐約的電話簿，我們也津津有味地翻閱，都一致認為，那本電話簿也是一本編排極好的書。

就從電話簿開始，我們也是從A開始，所有姓氏由A開始的，那些人住在上城下城紐澤西皇后區布魯克林，我們可以沒完沒了地談下去，因為喝了一杯又一杯的Aberlour。一直談到Z。

我們一生遇見那麼多人，我們怎麼會想到遇見彼此，另一半，另一個一半。

我們這樣談到半夜四點，大家都要離開了，我們終於走出酒吧，走到街上，在圖書館附近的街上，你吻了我。

慕尼黑亮了起來，那是伊薩河邊，我們擁抱彼此，整個城市進入我們的身體，進入我們的靈魂。

我們的慕尼黑生活一直圍繞著那條安靜的伊薩河，這十幾年來，只有幾次在暴風雨後暴漲，其他時刻多半安安靜靜地流過，無聲無息。人們太愛這條河，一些河岸湍急的時候，慕尼黑人在上面衝浪。這非常慕尼黑。

你深情地擁著我，仍然是那件老皮衣，在慕尼黑醉美的夜，你的眼睛發光。

德國文學家湯瑪斯・曼寫的句子，**慕尼黑在發光**。（München leuchtet）

在伊薩河畔。

半夜四點半，帶著你的吻痕，如夢似幻，我小心開門回家，有點擔心男友質問我的行蹤，但他在臥室裡睡了。才走進房間，傳真機便響了，我屏息看著機器慢慢吐出紙張，你準時來到我的心裡。我總在婚禮時哭而在葬禮時笑，波特萊爾與我，都愛你。

你傳上這句波特萊爾的詩，和你的照片。照片全黑，但那句詩便夠了。你和波特萊爾都愛我。我的人生在這個時刻已經改變了方向。

那時我住在城市北邊，我的男友博士畢業，成立公司，印了名片，正在找工作，我的鄰居是一位非裔女孩，她喜歡在三溫暖裸體和不認識的健身男士交談，她的身材曼妙，曾經因此有男士尾隨她回家，但她真正愛的人住在漢堡。似乎，我太喜歡傾聽，包括愛情故事，所以經常聽取許多女友的傾訴。

在慕尼黑的亞赫貝拉街，我和男人過著家居生活。他養一隻會說德語的鸚鵡，每天喝二品脫的啤酒，喜歡看電視和唱藝術歌曲，他從小完全不吃蔬菜，重度偏食，所以經常必須自己下廚，偶爾喝一瓶昂貴的香檳，會把與他共喝的人名字寫在酒瓶塞上，他有一整盒的酒瓶塞。一週二次與三位大學女同學輪流打網球，他喜歡的其中一位便只喝香檳，她比別的女同學更有氣質，他常常若無其事地談論著她們，令我逐漸不安。

他們說那不叫愛。愛是別的。我先是住在不同的城市，隨後和他住在一起兩年半，整整八、九年吧，活在失愛的恐慌中，最初沒有獲得他父母的認同，隨後他將此事當成藉口，似乎在精神上對我不忠。

但我又何嘗忠實。只是我不明白恐慌從何而來，可能年少不經事，我確實那麼戰戰兢兢地活過，為他主要在巴黎及慕尼黑兩個城市遷移，過著孤單和奇怪的情感生活。

那一年法國導演侯麥（Eric Rohmer）的電影《綠光》在巴黎上映，我在電影院看片時不停地掉淚。我但願能離開這個人，但是就是做不到，也就那樣因此為他來到德國，住了下來，找了工作，和他先是住在一間三十八平方公尺的套房，後來搬到一個一百二十平方公尺的公寓。其實生活安好，除了他偶爾要約女同學一起打網球。

他所有的女同學中，我最喜歡的是克莉絲堤娜。她和一個數學家在一起，可她不但聽不懂他的數學心得，還常常弄錯數字，有一次大家去夜店玩，重度近視的她上廁所時不小心弄丟了一枚隱形眼鏡，一群人幫她在洗手間裡找了好久，都找不到，她帶著極茫然的眼神回了家，才發現，她把兩枚眼鏡戴在同一隻眼睛上了。

是她告訴他，我應該是他的好對象。但要等事情過去了，人才會明白原來事情便是如此。又或者，他真的不是我的好對象，我早就該離開他。前兩年，克莉絲堤娜又跟我說一次：你們真是天生的一對。

不，我和他不是天生的一對。我和你才是。

他和他母親關係極為密切，幾乎像希臘神話的尤利西斯。他和他父親的關係尷尬。在與我交往之前，他曾經將前女友帶回父母家小住，他萬萬沒想到，那位女友和他父親去慢跑，甚至愛上他父親。我看得出來，這事對他的打擊頗大。但他忍了下來。他本來和他父親便不太說話，之後，話變得更少。

他的母親有過外遇，差一點和他父親離婚，這在他家是大事。她一年一次去奧地利阿爾卑斯山休養，只吃優格和有機蔬果麵包。他們喜歡去克羅埃西亞海岸度假。雖然我週末也多次和他們在一起烤肉聚餐，但他的姊姊從來沒跟我正面說過一句話，只顧在游泳池裡游泳。他們一週一次去城中心最昂貴的義大利餐廳用餐，主廚一定要過來和他父親打招呼，偶爾也上歌劇院或劇場。他們過著某一種講究品質的生活，我似乎也喜歡那種生活給我的感受，一種德國的感受，當然我在嘲笑自己，對一個不知道愛是什麼的人，他在我的記憶裡是他的生活品味。他不是藝術家，但他有藝術品味，我或許永遠可以跟他這麼活下去，雖然我也不開心，否則不會一個人去電影院，也就不會認識你。

但在那一夜，我並沒有打算離開他。月光透過落地窗映在我的身上，我拿著傳真紙坐在書房的沙發上，心跳加速，電話突然響了，是你，我擔心男友發現你打電話來，但他睡得很沉。我們又那樣談到清晨七點，男友剛好起床，他直接到書房來問我：為什麼這麼晚回家？我像所有的騙子，聲音如此安靜無事，我說，我昨晚認識了一個朋友，什麼朋友？呃，沒什麼。我就此打住，無法描述更多。我開始對男友感到愧疚。

同樣的時間，不同的空間，你的女友也問你一樣的問題，你也是一樣的回答，但她立刻知悉一切。

你在認識我之前便預定出發到柏林，去看展覽。你約我一起去，我有所遲疑，但還是去了，最後一班飛機，最後一個走道的位置，往柏林。那時我們的旅行還可以住宿朋友家，之後再也不行。你的柏林朋友追問我們怎麼認識，而你只想和我單獨相處，你告訴他，不要再問下去，否則我們立刻搬出去。

我們搬了出去，在亞歷山大廣場旅館，在法斯賓德（Rainer Fassbinder）和德布林（Alfred Doeblin）的亞歷山大廣場，我們在電視塔上晚餐，前東德女服務生客氣有加地上菜並且問：好吃嗎？我才說有一點鹹，她立刻不悅地回答，那你們為什麼不回家自己煮。

我們都愛柏林，柏林也愛我們。正像美國甘迺迪總統冷戰時期第一次抵達柏林，他公開演說：我是柏林人（Ich bin ein bereiner）。我們都是柏林人。就像大衛・鮑伊在柏林做的歌曲〈Heroes〉，我們幾乎像那樣的情人，但你說，「你不必為我和你的男友分手，你不必只因為我。」你不要我為了你和他分手，而是為了我自己。你給了我全部的自由。

我們和朋友一起夜遊柏林。他們二人也陷入戀情，一個短暫的戀情。男生是金屬雕刻師，後來為我們在侯郝爾街蓋的房子做了一個鐵門，鐵門做得非常好，是一個上等純粹的藝術品。女生是一位作曲家，拋棄他去斯德哥爾摩和瑞典情人訂婚，他痛不欲生，在此之前，他從來沒那麼愛過一個人。女作曲家半年後失意地回來，但兩人再也不想見面了。

我遺忘了太多談話內容，太多，我到底都和你說些什麼呢？只記得自己當時常常心跳加速，有滿滿的幸福感。回到慕尼黑，對於男友，我的愧疚感愈來愈深。對於慕尼黑這個城市，我亦有背叛情人之感。我似乎也愛上柏林。

我們約好晚上九點再見，出門赴約前，我不知如何告訴他，我終於說了，「我要和那位新認識的朋友見面」，就只是這句話，他也知道了一切。他說，不要去，如果去，就再也不要回來。他是對的，我覺得我不應該去。但我的心已經走了，雖然我的頭腦要我留下來。我在房間裡待了半小時，我告訴自己不要走，但我沒能留下。我決定走。我揹上包包往外走，他從房間裡衝出來搶走我手上的鑰匙，也許他惶恐無助，那麼多年，我死心地跟著他，我怎麼可能走？我還是走了，我只是往前走。他跟著我走出來，他說，不如我開車送你去吧，我送你去吧，我送你去吧，我沒答應，我上了計程車，他也跟我上了計程車。

在車上，我們沒說話，夜晚的慕尼黑也沒說話。

這個美麗之城，當初我因他而去，卻因你而留下。最初我認識他時，他說，這個城市，規模不大也不小，很美，你應該來，你可能會喜歡。那時我沒想到我會在慕尼黑停留二十年。二十年，多久的生命時光？

我走進酒吧，他跟著我。你看著我們一起走進來，你立刻知道發生了什麼，我們坐在一起，我介紹你們認識，你第一句話便是對他說，「你已經是歷史名詞了」。

他已經是歷史名詞了。

他當時啞口無言，把煙斗拿出來，問了你一句：「您認識這位女士嗎？您知道她所有的缺點嗎？」他選擇用敬詞稱呼你，但你不用敬詞。我很驚訝，他怎麼可能說出這些話？我到底有什麼缺點？原來他所做的無非只是為了讓你放棄我，他根本不管我的感受，我非常驚訝，原本的愧疚感頓時少了一大半。

那是在舒曼酒吧，慕尼黑著名的舒曼酒吧。

真是意想不到的狀況，我安靜無聲，氣氛壓抑，他的自尊心大為受損，幾次提到，如果我今晚不跟他走，那就不用回去了，他會把我的東西全丟到門口。你開始表演，你說，「等等，」你向鄰座的朋友示意，「我的朋友剛好是律師。」你的朋友立刻明白，他移身過來，他說「您好」，開始扮演律師。

舒曼酒吧你常來，你和老闆舒曼及服務生都很熟稔，你招了手，一個服務生出現了，你對我當時的男友說，「不然我們就出去外面決鬥吧。」你吩咐服務生去拿兩把槍，一個戲劇性的時刻，這位服務生也是你的朋友立刻回答，「好的，沒問題」。

我們僵在那裡，沒人知道接下來會發生什麼。四個人都沒再說話。過不久，服務生正式地走過來，呈上一個托盤，上面有兩個漿燙白餐巾包好的布包，他說，「槍已經絕貨，現在只剩下此物。」我緊張地接過托盤，伸手打開餐巾，是兩根斷椅的木頭。男友現在是前男友了，他站起身，沒說任何一句話便走了。

這位也是德文作家的服務生後來寫了一本酒吧回憶錄，他在書中巨細靡遺提到了這個故事。

那時我定居慕尼黑，不但在寫作，也沒忘記表演藝術，認識你一個禮拜後，我必須到台北去執行編舞的演出，那齣舞作是我為一位女舞蹈家編的，是維吉尼亞・吳爾芙的《奧蘭朵》（*Orlando*）。舞蹈家之前來德國找過我，大部分的舞碼是在我住的高樓地下停車場排的，都是獨舞。我們在停車場排練兩個星期，她離開後，我必須去台北繼續完成。首舞是從一本巨大的書冊開場，一本三公尺高二公尺半寬的巨大立體書冊在舞台上旋轉，音樂是李奧納多・柯恩（Leonard Cohen）的〈等待奇蹟〉（Waiting for the miracle）。大冊書中走出來的人便是舞者奧蘭朵。

不認識之前，我們便各自都喜歡李奧納多・柯恩，認識的那時，我們也都在聽柯恩的〈等待奇蹟〉。那首歌也是我們的歌。

是我從那本書裡走出來。那麼多年，我導演過那麼多齣戲，但這是第一次我邀請我的父母來看，他們坐在我們兩人當中。我不知道他們看到了什麼，我知道你喜歡即可，我們都愛上那首歌，那本書，那支旋轉之舞。舞作上演的隔天，我們就在台北法院公證結婚，從認識到結婚完成，慕尼黑柏林台北，一共十二天。

現在我回想奧蘭朵就是我自己，從那個舞作一直延續到今天，我仍然是奧蘭朵。明朝萬曆年間，我是一名員外，我有成群妻妾，但其中一位最得我歡心，只可惜，她懷胎八月難產而死，令我萬分悵然。

四百年後，我是一名女子。我去機場接你，我編綁著頭鬟，就像我小時候，那時父親叫我丫頭，而我曾無辜受父親處罰，一個人哭了一個夏天。我遲到了半個鐘頭，你一個人站在機場候客大廳，你立刻認出我是那位員外，四個世紀的尋覓，我們才找到對方，我們緊緊擁抱彼此，在今生今世。

結婚那天其實也像波樂（Augusto Boal）的無形劇場，我們是跟另外一對新人一起公證，一對我們不認識的人，法官要你轉身鞠躬時，我做了翻譯，要你轉身，不知情的你卻轉向另一位新娘，在場的人全笑翻了。法官行禮如儀，把結婚證書念了一遍，我一字一句幫你翻譯，念了出來，我們要相敬如賓。相敬如賓，非常之好，你之後常常提起這個句子。

我們沒有宴客，我介紹我所有的朋友和你認識，我們從中午和不同的朋友一直見面聊天到深夜，當天，朋友送了一對明朝的古董椅子當作結婚禮物。我們遇見澳洲裔的名攝影師，他幫我們拍了拍立得，那幾張拍立得便是我們的結婚照。

我們回到慕尼黑後，你印了一套卡片，告訴你的慕尼黑朋友我們結婚了。卡片上寫著：我的丈夫以前是妻子。你一個朋友不相信，他說，這一定是你的惡作劇。謠言在慕尼黑舒曼酒吧蔓延。一直到我們兩人再度雙雙出現。

我們搬到愛德華．史密特街，住在伊薩河邊，我在那房子裡寫了許多國際獨家新聞，也寫了許多小說和散文。我常常坐在房間裡看著窗外，河邊有人在下西洋棋，棋物是龐然大物，下棋的人必須費力搬動，其實我看得出來，是皇后或是卒子，我看得出來他們的棋勢，我在家寫作，不在家時便是去機場。

那時，我們寫了許多。你在報社編輯室編輯，或者，在電視台審片。除了寫作，我們多半在談心，餐桌前，壁爐前，啤酒園，散步，無數無數的散步。

你是我這一生最應該遇見的人，是我們的相遇讓我後來寫了許多本書。是或不是，幸或不幸，因為你，我現在寫這一本。

關於寫作

什麼事情都不曾發生，一直到事情被描述下來。——維吉尼亞・吳爾芙

我們還不認識時，你便住在慕城的巴德街，那時你和好友的女友共同分租一棟公寓，日本餐館的二樓。婚後，我們經常去用餐，每次去都點加州壽司捲、味噌湯和生魚片。從前你在那裡寫作，每天的食物只有兩種，大紅豆和德國家常食物雜肉乾片（Leberkäse），大紅豆煮爛，不加糖，你說，你每天就這麼進食，因為不要花心思想食物，才能專心寫。寫作像上戰場，你一個人在暗黑的小房對著電腦打字，呼吸困難，行為緊張。好友的女友經常出軌，和不同的男人上床，你都聽到，你不怎麼同意她。但你並未告訴你人在遠方的好友。

我那時住在高樓，那高樓有三面落地窗都可以俯瞰慕尼黑，有一面面對醫院，所以我經常看到直升機在醫院頂樓降落，救護人員緊急處理運送病患。另一面是安靜的慕城景色，那是書房，我在那裡寫了兩、三年。

婚後我坐在伊薩河邊，靠窗，我總是望向窗外，我在新聞工作之外，每天寫一千字的小說，無論寫到哪裡，只要累積了一千字，我就關電腦。婚後，我寫到你下班為止，我們一起晚餐後出外散步，我們這一生散了多少步？無論在哪一棟房子，尤其是巴德街的花園公寓，每晚，是的，幾乎每晚，除了下雨，我們總是夜間散步，乃至於不知道該選哪個方向，其實只有兩個方向，往大門右邊或左邊。

我們散步，就像人生。我選擇跟隨你，我喜歡徒手，不帶錢包或鑰匙，你要怎麼走，我就怎麼走，在太多的思考和寫作後，我不再喜歡決定什麼。我們那樣走了多少年。慕尼黑伊薩河內方圓之城全讓我們走遍了，以及每年的義大利托斯卡尼和南瑞士的盧加諾湖。

在散步的路上，我們討論寫作。那些年都是文字的散步。我喜歡對你敘述小說進度和寫法，你似乎也是。婚後不久，我開始寫犯罪小說，寫得還算順暢，但書名取壞了（書名總是取壞了），後來的封面也很一般。寫作過程中，和你討論最多，你陪我去了漢堡做考察，我們住在港口旁的國王旅館，每天在港口及街上閒逛，在紅燈區（Reeperbahn）走了好多次，在那一條肉欲之流，妓女穿著一身皮衣皮褲站在門口，曾經一個女人對你喊：小夥子，過來（Kommt her kleiner）。看得出來，你有一點竊喜，你喜歡被叫小夥子（Kleiner）。

小夥子，過來。或許，你喜歡強勢的女人，我是吧，至少我不是弱者，當我必須求生時，我意志堅決，只是這種時刻不多，我老是擁有許多，以至於心意又不堅定，我總是重新來過，喜歡標新立異，我不害怕轉換領域，更動職業，住不同的城市，學習不同的語言。乃至喜好搬家，更動房間，替換裝潢。你陪著我買和丟家具。

你陪著過我的生活，那就是我們的生活內容。我們的寫作。

寫作前，我小心翼翼地考察及研究，我仔細地對待我的小說題材，在不同的筆記本上一條又一條地記錄，我把小說寫完存檔丟入抽屜，我常常如此，寫作對我而言，是不可能的事。怎麼可能寫完？怎麼可能寫好？我的人生到目前為止是一本沒寫完的小說。但筆記本全記滿了該寫的筆記，有一天，我得把這些筆記全丟了，我得再回到生活。可笑又可悲但充滿趣味的生活。真的像一件又一件美國編織被（quilt），正是這種編織方法曾激發我在寫作形式上的安排。

但這本書，我正在寫的這一本，我從來沒多想過該怎麼寫，完全沒有書寫結構，我只是跟隨了自己的心情，想怎麼寫便怎麼寫。但潛意識裡，它自成結構。

我現在的生活很簡單，上午做瑜伽，下午坐在茶館或咖啡館寫作，一個個下午就那樣過去。偶爾寫出幾句漂亮的句子，大部分的時間花在聽取鄰座的無聊談話及順便瀏覽網頁，譬如歐元匯率，梅克爾政府組閣問題，希區考克和女演員的關係，性侵多人的男嫌犯出席法院，居然有許多受害者出席做證人，說他沒罪。瓷器的波斯藍是怎麼來的？我排列星座伴侶的組合盤和比較盤，有時候看YouTube，有時候回答別人的訊息。

你呢？你還在那間巴德街的工作室寫作？坐在那張理髮店用的理髮椅上？

不管我們住那裡，你一直保留那一間工作室，你說，你只能在工作室寫作，別的地方都不行，你在工作室除了寫作，還管我們的帳，你照顧父母，母親經常裝病要你回家，我們才抵達東京，你母親擔心你會和我回台北定居，她立刻摔斷了髖骨，你因此必須即刻返德。

婚後我在家裡寫作時分兩張書桌，一張寫新聞，另一張寫小說。但我更喜歡在旅行時快速地在筆記本上亂寫。我坐過不同的椅子，有些是人體工學椅，你一直很想將它們扔了，在我用了無數年之後，你才告訴我。那一次我很驚訝你忍了這麼久。沒忍的一次，是結婚不久我在慕城愛德華・史密特街燙了頭髮，你回家後看到我的第一句話是，下次還這麼燙髮，那就離婚。你是開玩笑的，因為燙得太像巴伐利亞農婦，我也幾乎認不出自己。那是唯一的一次。除此，你花太多時間讚美我，我那不怎麼樣的廚藝，尤其我的寫作。

我在筆記本上寫下你的名字。之後，也是歷史名詞了。寫下來便是歷史。誰寫下來便是誰的歷史。

我想我得寫下來。因為，否則遺忘，否則遺忘。我不想遺忘。為什麼一定要記得這一切，你會說，要是我，要是有人這麼對我，我早就逃得遠遠的。我不會這麼折騰自己，這麼自虐，這麼不浪漫，這麼不現實。但我們不一樣。我只能是我自己，我只能用自己的方式活下去。

有時，另一種感覺又會升起。是你，你根本無法遺忘我。離開後，你根本無法再寫作，也不再有人激發你寫作（對我的自大，我感到抱歉）；或者，你已經匿名創作，而我不知道，就像你一本小說的內容，你一直是影子作家，你甘心為他人寫作，化名為人代筆。你一直認為當影子作家無妨，反而更自由，更暢所欲言。

我無法為人代筆，我想說自己的話。但會不會到最後，終究我仍為他人代筆，無論是讀者或者所謂我以為的文學，我以為的「市場」，市場？這兩個字，讓人生厭，但我也不想出版無法再版的書。

漸漸地，我才知道，為自己寫或為他人寫，賣弄或出賣？這些寫作的事情已經說不清了。而我仍然有必要弄清楚：我必得先為自己而寫。

但你清清楚楚地說，你只為錢而寫。「誰捧著錢來，我就寫。沒有合約，我一個字也寫不出來。」如果真的沒有任何收入，如果有人在事前警告：你正在寫的這本書不會有任何收入，也不會有太多人閱讀……我還會寫嗎？

我還是會。

我認為，你一定要看到合約才寫，是因為你沒有自信，而不是因為錢。文字愈來愈不值錢。從前，海明威欣賞費茲傑羅，但他看不起費茲傑羅鬻文維生，他說是「賣淫」，好嚴苛的要求，對作家應該寫什麼。

對你現在的寫作，我有點好奇，帶著那麼一點幸災樂禍的心情，德文字叫Schadenfreude，這個字並無翻譯可以沿用，它是由兩個字所構成，損失和歡樂，我想看到你更大的損失，因此才會有點歡快？這個德文用字部分說出了我的心情。但請別誤會，我無意於此，和你的關係，我永無遺憾。

你為何不寫了？因為生活繁忙？因為照顧你母親？因為寫不出來？我一直想知道那個叫江郎的人究竟是誰，為什麼才盡？江郎或者被稱江郎的人生活會不會過得很辛苦？或者現在只是對寫作有了全新的觀點和想法，又或者，你陷入生活困境，過著一種完全和寫作不相干的生活？無法寫作的生活？

我從來都在寫作者的困境裡，我無法克服自己寫作的標準，我的完美主義像一種慣性慢性病，不能醫治，沒有止痛藥，或許我寧可也些許痛著。我只好寫，把故事完成。我開始發想一個故事，訂下章節，我按照章節表寫下去，極有可能，我一直便被限制在那些章節表裡面，是章節使我不自由，使我無法出走，從章節表出走，無法任憑草木自己長成自己的枝節。我在它們還未長大前就限制它們的成長。寫作如果也像園藝，我更喜歡自然成長的花木，不耐於刻意營造。

這些我們還能討論嗎？還有必要討論？

去年，在東京帝國大學參加文學交流，和日本作家東山彰良會後有更多的對談，他曾經是動漫作家，他說，他已經不喜歡按照章節寫了，他喜歡在章節之外沉入自己的想像世界，一個更深更寬闊的想像世界。

那一次東京的談話，使我審視自己的寫作。寫小說時，我需要章節和結構，那幾乎是我寫作的地圖。如果我丟掉地圖呢？難道我就不能旅行？幾個月前，我去了慕尼黑搬家，向你也認識的鄰居告別，那位出版了好幾本厚書的德語作家史帝芬・烏利，他說，他的寫作便是一次次的旅途，他只有目標沒有一定的行程，他不在乎怎麼去，只在乎當下寫作的心情。他不按照章節寫，他只注意自己的心思，跟隨自己心情，他只在乎寫作的當下進行愉快。他是禪修者。他一個月可以寫一本書，寫作於他是禪修。

我是在認識你之後，才成為一個認真的寫作者。因為你欣賞我，鼓舞了我。

我曾經希望你能懂中文，能懂得漢字會意形聲等等造字的奧祕，那幾乎就是電影的蒙太奇，但你學得太慢，只學了幾十個字，幾十個中文字能做什麼？我沒時間教你中文，我們總是說著德語。我喜歡你的德語造句，你用的德語生字，你的漢諾威標準德語口音。但你說，我說的德語帶著法語口音。

你為什麼寫作？這絕不是一個膚淺的問題。還有，你為何不再寫作？

「為什麼寫作」這個問題便是我們生活的本質。是的，是的。多年後，我已不好意思再說出這種「我什麼也不會，我只會寫」的話語，這不僅太難為情，也非實情，儘管我不會做什麼，難道我就會寫？寫作是最難的，文學並不是刻字，必須以生命和思想與文字融會貫通。

但我們彼此欣賞我們的文字。你依靠谷歌或者我的翻譯了解我，但我的德文翻譯凌亂，而德文文法嚴謹，行文講究用字精準，如分秒那麼明白，我的一些遣詞用字並不準確，祈使句或條件句常常用錯，或者，這反而對不懂中文的你，聽起來有點超現實？形成更有趣的印象？我對你解釋過漢字的奧妙，你覺得這種文字好奇妙，好像電影剪接，口和犬放在一起便是吠。女子便是好。

你是否如此意會我？我的文字？其實那不是我的中文，而是我用德語向你傳達的文意。

你覺得你真的理解我，我也覺得你真的理解我，你明白我的造句，那些句子與句子之間的意思。又或者，寫作就無非如此，我只要把字寫出來，我只要造句，句子和句子之間的意思由讀者想像。震撼之處便在於，你無須明白中文，你能明白我的文字，是因為你那天生超古怪的直覺。而你說，你愛上我寫作時使用的語調。

大部分的時候，我都在句子與句子之間，陷入到底要寫什麼的思考。我認為文學無非便是字與字之間，句子與句子之間，乃至章節與章節之間，這些微妙的差距（nuances）的顯現。對一個字句標準怪異的人，像我，這種造句練習未免也太難了。這麼難的寫作要繼續嗎？生活要繼續嗎？如何繼續？

你的生活如何繼續？在想寫的題材及推翻自己不必寫的那些題材之間。推翻建立又推翻，再建立。我們尋找寫作的主題，正像我們尋找人生方向。我和你走近，我們喜歡彼此，因為我們可以在一起離開別人，諷刺別人，我們之所以那麼親密，因為我們一起有距離地觀察別人，同情或者嘲諷。一個人讚美他人是不夠的，兩個人便有結盟，因為有第二人同意，便多了半數，這個世界從零變成了一，或者，

○・五變成了一。

我們成了家，成了國。寫作之國。

寫作是一種病態。思考也是。不思考比較好。佛教或道家文化多要人不要想太多。因為要療癒自己，所以只能寫完。若不寫完，就只能處於病態之中，寫完了就離開病態，進入另一種病。另一種病態。寫作是疾病。這並非全然悲觀，而是一種態度。

寫作很少讓我欣慰、愉快。偶爾寫著寫著突然覺得像附靈說話，是一種聽寫（Dictation），這種時刻並不多，還有便是偶遇那麼幾個有品味的讀者。這個時刻不能期待。唯一可以期待的是寫作時的平靜。

我曾經這麼說，另一個作家告訴我。「喔不，喔不，我寫作都是開開心心」，寫作是她生活中最快樂的時刻。

開開心心地寫作？開開心心地寫作，此刻我寫下這七個字，竟然泫然了。我要說，如果是這樣就好了，如果是這樣真的就好了。怎麼可能？我不相信寫作和開心這個字有關。但寫的時候，比較安心，不寫的時候比較多慮，但寫與不寫之間呢？寫下來真的就放心了嗎？

我們的存在無非只是安慰對方寫下去。

我們在一起時，你似乎很安心，好像你的陰影被我的陰影納入，我接受你的黑暗，你看起來很光明，但看不到的地方呢？是不是就更陰暗了。我天性易生恐慌，我母親沒教我如何安心，母親在十八歲時離家出走，生下了我，懷著極大恐懼，她自己當時也是一個無法安心的孩子。我沒學會開心，我的心是關著。這是人生學校裡第一件重要的事，要學著開心。開心，把心打開。無論處於什麼生活狀態。我羨慕一種非常高尚的心理狀況：窮開心。很多尼泊爾和印度人都會。

神光問達摩，我心不安，如何安心。達摩告訴他，把心拿來，我便替你安。我如何把心拿來？

有一次我們去看羅伯特・布列松的第一部電影《天使》（*Les Anges du péché*），一個年輕女子決定皈依成為修女的故事。在慕尼黑最有歷史意義的城市博物館電影院，你從小到大都在這家電影院看電影。畢竟是我們喜歡的導演，也是好電影，看的時候，我一直在流淚，電影落幕，燈亮時，你似乎知道我在哭，起身一起離開電影院時，你扶著我，想握我的手，羞於被人看見淚流滿面的我卻推開你，一臉正經，我連你都不想讓你知道我在流淚，我背對你轉了身，拭去眼淚。你後來告訴我，你永遠不會明白，剛才在看電影流淚的我，為何在現實生活裡這麼無動於衷。

你說的多少與事實有點關係。會不會，像我這樣的人只活在文學與藝術裡，我只能在藝術中有感覺？老天，這麼說，一定會引起重大誤會，我憑什麼？但我，似乎也習慣了，我常被人曲解誤會。我習慣了。誠實說，我覺得作者和讀者之間從來只有誤會，別無其他，事關美好的誤會或醜陋的誤會。情人間亦是。我不覺得人和人之間可以完全明白，而且我一向的表達方式都不清楚明白，我不喜歡解釋，相較於說明，我更喜歡聯想。

我在創作或欣賞藝術時比較有感覺，日常生活的我行屍走肉，「大部分的時間都在發呆，抒發無聊或克服自己的頹廢或虛無或那麼一些的憂愁感」。

大部分的生命時光都花在「對付」自己的情緒，或者，讓我換一個說法：大部分的生命時光，我試著與我心裡那頭怪獸相處。我試著馴服那頭獸，從小與我一起長大，時不時會發作，那頭獸充滿了憤怒和恐懼，也常常覺得孤單。那頭心獸。但，一些時候，它帶給我奇想和不同的感受。也是因為它，我才開始寫作，因為只消把馴化的過程寫下，那就是一本書。

還記得你的長篇小說的第一章第一段，你小時候經常幹的事情，便是一榔頭把甲蟲敲死，然後搓一搓死去的甲蟲殼，聞聞手指頭上的味道，你形容那香味撲鼻。

那個住在巴登巴登（Baden Baden）的年輕男子在那美麗小賭城幹賭場發牌員的工作，他有一天把一個老寡婦給謀殺了，就像你把甲蟲一榔頭敲下去。這麼殘忍的故事，但你寫得很冷，很生動。我被你的故事吸引，與其說，我喜歡這個故事，更應該是，我以為這故事只是你的偽裝，你把自己偽裝在一個冷酷的故事裡。

你就是如此冷酷，還是你偽裝冷酷習慣了。你一直就是你故事裡的人物，冷血、厭世，你討厭浮誇，更痛恨虛偽，所以，你會一榔頭把你覺得沒必要的給敲掉。

你現在正在寫的故事，不再那麼冷漠了吧？如果仍然那麼冷酷，那你確實只能像你小說人物的結局，從樓頂跳樓自殺。就像年老的海明威只能自殺，他全寫完了，再也找不到任何生命題目。

我們必須死裡求生，徹底，從骨子裡更改，重新站起。這是寫作者每一次都必須面對的人生。

一位我們共同認識的人對你做下令我驚訝無比的評論：你不只冷漠，你是城府極深。另一個則說，你太裝模作樣。還有你的德國好友認為你過於頑皮。這些評語多麼奇怪，我沒有一天這麼認為。是他們太不了解你，還是我太不了解你？另一位朋友說，你是一個可以為了女人傾城傾國的人，你就像溫莎公爵。

當我不相信愛情的時候，我真的想，你可以為了我一天就離開她，那有沒有可能，因為另一個她，你一天就離開我？我真的做過這種噩夢。

究竟是我不夠相信愛情，還是我太相信了？

在我最痛苦的時候，你就在我身邊，你說，有我在，不必怕。但我無法感受到你，那時我有病，我恐懼我的病，或者，我因恐懼而有病，你緊緊地擁抱著我而我還恐懼。我怎麼了？是什麼阻撓在我們之間？我知道你愛我，但我卻感受不到你的愛，這是怎麼回事，有誰告訴我？我們之間彷彿存在一道透明之牆，但人們都說，我們是靈魂伴侶。我確實也這麼覺得。但那愛似乎經過四世紀，有時間的落差，像另一個星球的光延遲了四世紀，才照射過來，卻少了那麼一秒。

你出差旅行，你要你的好朋友喬治每天來陪我，並且要他和我深度對話。喬治把他一生的祕密都告訴了我，他母親死後，他母親拋棄他和弟弟，和情人跑了，他和弟弟與祖母一起過活。他後來也上了耶穌會的寄宿學校，在那裡認識了許多上流人家的同學，他和他們交流的不是生活內容，而是生活形式。他總是告訴我們那些人的物質生活。

他那時有一個比他小二十歲的女朋友，她年輕好看，但他懷疑她不愛他，她只是一個性愛成癮者。這不是很過癮，有個性愛成癮者的女友？我沒告訴他，我甚至沒想和他深談。他不停地規勸我，要好好活在當下，說得極是，但我看著他的眼睛，你自己可以嗎？好好活在當下？

我想，你現在最有可能正在寫犯罪小說。之前賭城的年輕男子現在夠老了，他該摧毀一座城市了吧，我並沒有反諷，我也曾動念寫本犯罪小說，但我才動念又覺得不可能適合，我不想整天計畫謀殺細節，那太費勁，太累了。

我想過從寫作賺錢，像阿嘉莎或海史密斯，我覺得我似乎也學得會。但逐漸我知道類型小說的難度，我並未看低類型小說，完全沒有，只是內心深處，可能也有一個聲音在說，動用那麼多的腦力只為了寫某人的謀殺，為什麼？

究竟到底仍然是一樣的問題：我要過什麼樣的生活？我要寫什麼樣的小說？

我知道，你是愛我的，無論我問什麼問題。那一年春天冷得要命，那一天，又一個新蓋的屋梁造好了，你非爬上屋頂慶祝不可，那是巴德街的樓頂，你非拉著我上屋頂，那屋頂上什麼也沒有，又冷，我被你遊說了，爬了上去，風吹亂了頭髮，你為我照相，我的樣子非常懼怕，我有懼高症，但現在，我回憶屋頂上的風，你是愛我的，只是，我無法和你一樣在屋頂上那麼歡樂，我沒有足夠的安全感。天生沒有俱足，後天也常常失去。

你是我一生遇見過最陽光燦爛的男孩，男人，也是最陰暗的那一位；人們都說，我幸運極了，能遇見你，但我是否也不幸運，竟然沒和你繼續。我們關係的斷裂幾乎使我人生斷裂。

斷裂，一個分離成兩個。傷口形成。從此我成為尋覓痊癒力量的人。

我確實因為你寫了更多。那個家族故事起因也是因為你。我們坐在愛德華．史密特街的公寓餐桌前，在那些話說不完的早餐時間，我說起我的童年，那隻叫YES走失的狗，我那奇特的邊緣家庭。你不斷地追問我從前的故事，我說了又說。

你鼓勵我，寫吧，寫吧。我寫了，多年後，你也終於開始寫你的人生小說，但你書中人物的妻子竟然如此瘋狂，這麼令人生厭，那個名叫茉莉的亞洲女子，其實你一點都不愛了，她跟我有關係嗎？你是從什麼時候開始不愛我了，結婚十幾年後？老天爺，我竟然毫無知覺。在十幾年後，你的妻子變成一個令人不喜愛的人。你說，那是虛構的小說。小說是虛構的。

我沒阻止你寫一個你不愛的人物，你應該殺死她，如同你殺死那名老寡婦。你應該重新來過，重新寫，但一切已無法阻止，小說人物擁有了自己的意志，我們得跟著他們走。我得跟著你走。她得跟著你走。

我不想知道，我不想知道你畢竟還是把老婦給殺了，我也不想知道，你為什麼和茉莉如此不合，為什麼你的小說人物總走上絕路。不，他不應該，他不該跳樓自殺，這不該是你小說的結局，這也不會是我們的結局。只不過，人生的結局只有在死時揭曉。

那一年的十一月十六日，你認識了一位台灣來的女子，當天你便向她求婚。那一年的冬天，巴伐利亞的藍天特別的藍，我總是聽見有人在遠方笑著。

你的眼睛看得很遠，因為你在童年時曾經去過天堂。

我們像兩個小孩。

我們，我曾經想過，這二個字可以是一本書的書名。

一個在閣樓寫，一個在樓下寫，閒時，我為你做飯，給你，您，你開玩笑時喜歡對我用敬語「您」，我們又坐在巴德街廚房裡那不怎麼舒適的古董餐桌椅前聊天，一瓶又一瓶的白酒（Chateau de Simon），是我們自己開車去普羅旺斯酒莊整箱整箱帶回來的。我們都聊些什麼？新知，趣聞，他人遭遇。你在報社編輯室的趣事，我的新聞採訪遭遇，我的小說進度。一瓶又一瓶的白酒，我們就是知己，成為知己，沒有別人比我們更了解我們，你確實是我的靈魂伴侶，你為我的書寫序，一篇又一篇，你太會寫，有人說，你的序比我的書寫得更好。更好？你怎麼寫得出來？這麼好？我不能同意。

所以，你真的了解我？

你了解我的一顰一笑，你甚至了解我的呼吸聲，你曾說「你用呼吸聲評論」，我自己都沒注意到我生性嚴格的那一面，我以為我是全世界最不小心謹慎的人。而你卻注意到我的呼吸聲。

你曾經開玩笑諷刺我是納粹，也許不是玩笑話，我知道你在說什麼，我對你霸道、專制，我確實是法西斯。但，你也是納粹分子，你不願我和別的男人聊天，你用你的眼神密切注意我和誰在說話，怎麼說話。因為，愛情是極權主義，最終，我們不經意地讓婚姻成為迫害我們的方式。

我坐在書房角落，窗邊，我寫。情緒好的時候，我們無止無盡地聊著，情緒不佳時，我指稱是因為你，我才不愉快，莫大的譴責；我說，我生病的理由便是你。因為你，我必須住在德國，忍受這寒冷的一切。德國人的距離、天氣、語言的隔閡，我感覺我似乎被迫流亡於此，我才說手「麻」了，就有醫生問我德文在哪裡學的？才麻這個字就令人驚奇？像在馬戲團裡看人變魔術？我應該是什麼都聽不懂的外國人？我理所當然應該繼續那無止境的德文課，那艱難的文法，動詞擺於句子最後，人們說話都不知說到哪去了，動詞還沒出現。男人週末一定要釘釘東西，洗洗車子。每兩個月才會和親近的朋友聚一次會。

你的父母稱讚我，因為我居然可以在買家具時讓德國人答應我降價，這讓他們訝異無比。我心地還算善良，而他們不在乎或沒看出來？只覺得省錢是美德，二戰活過來的德國人都很節省，他們也是，你延續了他們的美德，你從來沒亂花過什麼錢，連新皮衣都是我強迫你買。你買了也很少穿，你一直穿那件棕色老皮衣。你覺得是那件皮衣帶給你好運，我們相遇那天你身上的衣服，那皮衣是你的青春，那皮衣印記所有美好的回憶。

那件皮衣現在下落如何？

有一年，我雖然生病，但我像著魔般刻著字。每天帶著Moleskine筆記本，隨時隨地都在寫。不用編造，僅僅記錄，便足以讓我著迷，那是寫作的微神之祕。

那時我們的慕尼黑生活充滿破折號，你無時無刻都在陪伴我，而我視之理所當然，我的心思幽鬱，偶爾又轉移到莫名垂青於我的男子，我亦不明白，何以我如此任性？

「那是因為，」後來一位我認識的男人這麼說，「你這個人，不能太愛你，太愛你，你會走。」我心裡真的想哭。我怎麼告訴他，雖然，我不是沒有愛情就活不下去的人，但你不愛我，我也難以忍受。

也許這就是我們的愛情，我只能在離開之後才發現，原來我愛你這麼多。原來你愛我這麼多。

那時，我在歐陸各地旅行工作，經常不在家。生活裡有許多像電影般的片段，結交碩果僅存的哲人和社會菁英，我像變色龍一樣，使用不同的語言和姿態靠近他們，我用我的靈魂和生命交換，我用德文和伽達瑪談尼采，用法文和法蘭西共和國娼婦談軍火機密，但最重要的生活內容就是你就在我身邊。

但我什麼也沒寫，來不及。來不及生活。來不及寫。

是的，我在夢中，當我被喚醒時，我們的關係就結束了。

你曾經寫那麼多封情書給我。而我很少回你，畢竟德語不是我的母語，與其無法盡興地寫，不如不寫。究竟是我太冷漠，不是你，你那麼絕望地愛著，那麼多年，我不曾回報，沒有溫暖，你若靠近我，我總是一句：走開（Geht weg），走開，我一直阻擋你靠近我，因為我正在寫作。

走開，因為我正在寫作。

有時，我寫完了一些，走到樓下，敲你的門，你笑得很燦爛，你說，請進請進，你真的非常高興。你我不一樣，因為彼時你為我而活，而我並不。這是你說的，在史坦伯格湖（Starnberg see）邊的某一個冬天，你說，你圍繞著我轉了這麼多年，一切都只是「因為你」。

愛，就是少一點我，多一點你。後來的我只有我，少了你。

我失去了天真無邪，在你之後。

我的心似乎被搞壞了，像電腦裡的重要零件。我太漫不經心，以為愛是野生植物，會自己好好成長，但愛情如此脆弱，需要仔細照拂。有一天，心突然故障了。

第二次是我問的，在巴德街，我生病了，我一點都不希望別人靠近我的身體，包括你，「我們怎麼辦？」我在廚房走道前問你，你很堅定地要我放心，你說，「一切都會慢慢好的。」一切都會慢慢好的？

我再度去看鐘點費昂貴的心理分析師，她說，都沒有任何人告訴你，婚姻生活不該如此？她是佛洛伊德教條的擁護者，語帶責怪。從來沒有人告訴過我，婚姻生活不該沒有性生活。

我們搭飛機到地中海小島度假，途中飛機搖搖晃晃，我緊緊握著你的手，你說，你從來不知道，原來我這麼恐懼。是的，我看似勇敢，卻又膽小，我是一個矛盾的人。

我有時覺得我的世界會在瞬間垮了，像積木倒塌。那叫生命無常，但我未在那無常中安置好我的心。就算你在旁邊都不行。我尋找真理，幾乎像潔癖者尋找汙漬。我尋找的是身體力行的真理。只有我自己活過的才是真理。

也不能說是誰的錯，迫害者和被害者可能並行或錯置，這就是德國歷史給我的感受，但愛情似乎也像這種權力遊戲。我又去看了別的心理分析師，是你的好友介紹的人，其實只要看看他那自毀般的生活，從未因心理分析而改善，我就不該去，但我也去了。

有一陣子，我白天晚上都不停地寫。反正再也無法睡了，沒有人陪伴我。我不值得愛，如果我不值得你的愛，我就不值得任何人的愛。也許除了你，並沒有人愛過我，包括父母，沒有人可以包容我的任性，自我中心，只有你可以包容。

你為什麼那麼包容我？為什麼？因為你害怕沒人愛你嗎？還是你原先不知道，但後來你知道了，愛不該如此。

你說了：我愛過你，我確確實實地愛過你，你用的是德文字（geliebt）。你愛過我。我無法說出一樣的句子，到那時為止，我可能沒愛過你。那些夜晚，我總只有一個目的，我想知道為什麼。就像一個被上發條的機器人，我一直問你同一個問題。沒為什麼，愛情就像瓷器，一不小心就摔裂了。你也曾這麼回答，但事後，你又後悔，你覺得我們該重新開始。應該是破碎了，重新黏合也維持不久，我們幾次復合，就像以瞬間膠黏好，但很容易又破了。

是巧合嗎？我剛好寫完一本有關瓷器的小說。我去郵局寄東西，郵局職員說了：愛情和瓷器，這世上最容易破碎的兩樣東西。我不可置疑地望著她，這麼強烈的主題暗示，其實是你說過的話。

關於寫作的談話，我們之間最震撼的一次是在漢堡海港。那天我們走在港口海邊，經過許多賣觀光客紀念品的人，我們又在散步，準備要搬到漢堡，你指著港口邊的一棟大樓，你在那裡上班，那一天你的心情平靜，你說，我們必須找出我們的寫作主題，每一個作家註定都有他最攸關的主題，像海明威，他的主題常與死亡有關，他喜歡將小說人物置於死亡的環境，借用人物與死亡的搏鬥表達生命價值。

你問我，在大西洋海邊，「你的寫作主題是什麼？」我的主題，嗯，就僅僅只是活著，活著並且思索自己的人生主題……這便是我的寫作主題。一切都可以是主題，只要和我的生命有關係，讓我更理解我自己。我是認真的，到如今我還在想著你的問題。

現在，我的生命主題是如何治癒自己。

我認為，我們不必去尋找寫作主題，有或沒有，主題自己會來找你，寫作者的生命自然展現，他會去書寫他的生命。

寫吧，寫到你流血為止。

是不是，我們花太多時間在思索生命，而忘了書寫？終其究，我們只能書寫我們的思索。而會不會是，我的人生是和你走到這裡，我的生命是為了眼下寫出我們的旅程。

有多少早餐或晚餐，多少次在湖邊的咖啡館，海邊的餐館，在越南、香港、中國、澳洲、中東、美國，在多少的路上，我們都在討論寫作。

別人的寫作，我們的寫作。

我們甚至訂下了一些題目，彼此共同寫，我們也寫了一些。那可能是我們人生中唯一的一次，理想的人生，理想的寫作人生。我們都寫了，只是我們沒寫好，或者，我沒寫好。

在寫以上這些文字時，我正在聽音樂。因此，憶起你的德文文字裡有旋律和節奏，我在散文裡也試著如此，我一直試著寫出心靈的圖像和旋律。

在這一點上，無疑我們是相像的。這是為什麼我們都喜歡德語作家賓里克曼（Rolf Dieter Brinkmann），我只消翻開《我如何和為何生活》（*Wie ich lebe und warum*），便可以明瞭你一部分，賓里克曼是七〇年代的存在主義者，《我如何和為何生活》是由一系列的詩人生活照片所組成。那是影像化的詩。

科隆的公寓。窗外寂靜的街景，透出一點門縫的後院，洗手檯上的擺設，雜亂的臥室門口站著一位戴眼鏡的長髮女子，樓梯間的轉角，更靠近但也更寂靜的街景，浴室裡的瓶罐，穿黑色毛衣上樓女子的背影，洗衣機的內部，客廳一角，架在文件上的收音機，簡單的廚房，書桌和書，在雪地上往前走的男子，他人公寓窗景的俯視，樓梯台階，躺在床上露出陰毛的下半身，和朋友相聚時地上的酒瓶，浴室浴缸旁一把橡皮壓把，置於書架上的電視機，打開坐墊的馬桶，垃圾滿溢的回收垃圾筒……

那時我寫了好幾本日記，我那時的風格也真的和賓里克曼有點像，我們是他的追隨者，他在日常的德國生活裡寫詩，在平凡中看到人生哲理。他其實在抗議文學殿堂裡虛偽的陳設，那些空洞，那些侃侃而談，他批判通俗卻又在批判通俗裡找出通俗的美學。這也是我的美學理念，我也一直試著這麼寫。

也許你也試著這麼寫。

多年後，我和德國女編劇家羅荷（Dea Loher）談寫作。我們在談論她的舞台劇劇本《偷竊的時光》（*Diebe*），由數個人物的人生片段所組成，沒有一個主軸故事，數個故事平行發展，編織交錯在一起。

她已經這樣寫很久了。我問她，沒有主軸如何寫？

我們辯論寫作。我逐漸受到好萊塢的電影敘事結構的影響，三幕劇，易卜生或者莎士比亞，故事敘述有一定的起承轉合。我逐漸相信了我以為的敘事結構。

她說，沒有主軸並不意味沒有故事，非男性並不表示就是女性，她寫的也不一定就是女性的敘事結構，她非常愛瑞典電影導演洛依・安德森（Roy Andersson），她看了他的人生三部曲，從此知道自己該如何寫劇本。

我以為女性擅長於收集及銜接，男性則是狩獵，如果我的女性靈魂使我喜歡寫散文，是不是我那思想往前跑的男性又使我想寫小說？我喜歡馬奎斯和卡爾維諾的長篇，雷蒙・卡佛的短篇。

女作家我喜歡吳爾芙、尤塞娜和莒哈絲，一些安・奈寧和瓊・蒂蒂安。我尤其讀莒哈絲，因為她的法語簡潔，我可以直接閱讀。尤塞娜的法語則過於晦澀。莒哈絲的《情人》剛好是我喜歡的敘事風格。她是晚年在櫃子裡找到少年時代攝於湄公河的照片，小說的結構也是由一張一張對照片的回憶組成。

我也懷念自己的少女時光，寫作並沒有時間觀念，那時我的寫作是夢境的組合，不是伸展而是綿延不斷。那時，我愛用拼貼畫（Collage）的手法，延用包浩斯

（Bauhaus）的美學觀念，我找到及擁有自己的語言，我可以毫不拘束地寫作。

現在，我幾乎忘記自己曾經擁有那樣的能力。

倖存者

我的寫作全圍繞著你，我書寫的內容無非是在言說那些我無法撲向你懷裡哭訴的話語。——卡夫卡《給父親的一封信》

我們的父親都走過戰爭，你我的父親都是戰爭的倖存者。

但你似乎沒有那麼多童年創傷，你是家中的王子，父母明顯寵愛你更多，你的巴伐利亞鄉村的童年無憂無慮，最多只是偷蘋果（你說是世上最好吃的蘋果）被主人發現，被追趕上，痛揍了一頓。

你的同學也有農夫的兒女，有一次你上課站起來向老師報告，你不能坐在某同學旁邊，「因為他充滿了牛糞的味道」，那人每天得照顧家裡養的數十條牛。你傷了同學的顏面，隔天他父母來學校，學校校長也要你父母來。你最終還是換了座位。

你沒有童年創傷，好像沒有。你小學二年級時，同父異母的姊姊從北德搭火車到你們住的羅森漢，有一天你下課回家，看到姊姊坐在餐桌前喝熱巧克力，你母親讓她進來，等你父親回家。

你父親回家後看到她，第一句話是：妳是全世界我最不想看到的人。

我忘了問你，後來她怎麼離去？那時她才初中生吧。你對你同父異母的姊姊並無情感。好多年後，你住在美國的哥哥回德國度假時專程去找你姊姊，和她談了許多，你都沒什麼表示，似乎還有一點不以為然。你站在母親那邊？你不認同姊姊？你說，你父親曾經也後悔他當時的反應，在一些年中，他也重新和你姊姊聯絡了，但很快又斷絕了來往，因為他認為她只想要錢，不是謊稱車禍，便是和同居女友要買個小房子，都是騙局，你父親認為她和她的「婊子」母親並沒什麼不同。

她的母親是你父親戰爭期間的妻子，在她一歲時不但拋棄了你父親，有了新歡，並且為了領取撫卹金，還到市公所去宣布丈夫已戰亡；那時是第二次大戰，她的父親，也是你的父親，還在史達林格勒，歷經酷冷冬季嚴峻的最後一戰，他是苟活下來，靠著運氣，就那麼一點運氣，不然早就和同僚一樣死在無人埋葬的溝壑之間。

看起來創傷是你姊姊的，不是你的。

但你的倖存者父親後來長期飽受憂鬱症之苦，難道對你沒有影響，應該有吧。有一整年，你的憂鬱症也犯了，那與你父親一定有關聯。那時，我們住在寒冷的漢堡港，你是德國人，但你在漢堡沒有朋友，只有同事，他們北德人更冷漠，你這麼說過。我們都和我的朋友見面，你那時已不多話，安靜沉默。我也病了，我和你分床睡，我偶爾去健身房運動，我們老叫外送食物。

即便半世紀都過了，你父親睡覺時仍無法關窗和門，因為隨時都可能要逃命。父親老家一無所有，大戰期間，只能從軍，成為納粹軍人，一路從維也納打到俄羅斯，參加了史達林格勒那一役，那一年冬天冷得要命，冷得幾乎要他的命，他和同僚人在伏爾加河一帶移動，占領了一個農莊，他們一行人又冷又餓，他幫忙做一些農務，一個俄國農夫收留了他很多天，還送他一根自製的香腸，他藏在大衣口袋，那根香腸後來救了他，是他躲藏的那些日子的唯一食物。後來，他的隊伍要離開村莊前，他原本想偷偷去向他們道別，但突然聽到小隊長宣布：把這個村莊放火燒了。

他在離開農莊前，在熊熊大火中後悔，在後來的來日更後悔了。

你父親從戰爭回來後，再婚另娶了他人，但某一天卻在市集上認識你母親，從此有一段三角關係，最後他放棄了對方，娶了你母親，因為他為你母親成功爭取到遺產，二人得以過起小康的生活。他確實不想再活在過去，他渴望重新開始，平常上班掙錢，下班在自家地下室做木工，編家譜。一本厚重的家譜，他編了又編，但有關他的兩位前任妻子那裡卻沒有什麼篇幅。他倒是追著問我的父母和我小時候的照片。因為確實追問，使我必須向父母索取，那幾張照片一直編在你家家譜內。在父母老房子賣出去後，所有的照片都遺失不見了，反而我家並沒有家譜。

好吧，那位去領撫卹金的女人，也許真的認為你父親戰亡了，這也有可能，為什麼不？或者，她心裡奇怪地這麼希冀，因為你父親走了太久，也許真的已經陣亡，那麼多的德軍噩耗，難道不會真的發生？她那時交了男友，如果你父親死了，這對她也好，至少，她不必感覺背叛，不會有太多罪惡感。

我是這麼理解她，我想理解她，想同情她。

我寫到哪去了……外遇的女人，邪惡的女性，二次大戰，納粹的軍人，納粹，農村生活，嚴冬的孤單……而我本來是在想你的創傷，你的創傷是什麼？

你姊姊怎麼回到北德的？

我的父親也是倖存者。

我們的父親都參與過戰爭。我們的父親都被女人拋棄，也拋棄過女人。我們的父親面對命運都無能為力，但都堅強地倖存下來。

現在他們都死了。為什麼我們總是悔恨死前沒陪著他們？父親在死後才在我的心裡成為父親。

我的父親，在新店的養護中心過世，那是四月，殘酷的四月，我在慕尼黑寫一本小說，我寫了不少他的身世，虛實真假，我在書頁上寫下他真實的名字，並獻給他。他的謊言包括他自己的姓名，他連姓名都改了。我跟我父親一樣擁有一個不屬於我們的姓氏。

我沒有兄弟，和父親的關係也很疏遠，生性害羞（雖然我掩飾得很好），從小就讀女校，缺乏和男性互動，這影響了我和男人的關係。

父親是缺席的父親，父親和我之間存在著距離，因為他不敢碰觸自己的女兒，不敢擁抱我，無法和女兒親近。我從小膽怯地望向他，那是看不見的距離，微小恐怖的距離，我必須遠遠望向父親。

他應該抱過我吧，在我襁褓時期，但我的記憶力只能回溯到五歲，我記得和他一起上中山堂，上樓梯時，我扶著樓梯把手，父親說，不能碰，絕對不能碰，那上面都是細菌。

此刻我在北京朝陽區，在零下十度的冬天，我來到父親出生之地，我陌生的父土，北方的城市太大，我常常迷失方向，父親後來是怎麼回到這裡？他遺失了鄉音，他們說他不是北京人。在台灣，他們也說他不是台灣人。

他什麼都不是。也許，他真的不是北京人，一切只是他的杜撰？那些後來和他處不好的家人親戚也是他找來的替身？父親是一則徹底的謊言。父親相信自己的謊言，他可能不覺得自己在說謊。他一生都在圓這個謊？

要再寫一次父親嗎？問過自己不知多少次了。

一位師長有一天在某個場合遇見我，「你人生應該會再寫一次父親。」他說。是吧，我會再寫一次父親，或者父權。我到今天仍然是那個被誤會的女兒，我到今天還是那個要向父親證明我是值得他愛的女兒。

為什麼要證明，我值得他愛嗎？現在這不是問題了。他有能力愛我嗎？我在空氣中與我的父親對話，爸，我值得你愛吧？爸，讓我擁抱你，好嗎？我是不是該寫那一本書呢？那一本書的書名叫「父親的謊言」。

我和父親其實很像，是一個模子打造出來的，我們都不愛負責任，又任意而為，母親也曾經這麼說，我們的不同只在於他未寫作，而我寫了。他是說謊家，我成為小說家。

那是小學一年級，對同學吹噓自己的父親有多偉大，我忘了內容，可能大部分的內容都是父親自己吹噓的，而我將之誇大。我們都會虛構，說不出誰更虛構。

我以為自己需要的是那樣的父親，有許多豐功偉業，幾乎像英雄，但我也需要一個告訴我實話並且能拍拍我肩膀的父親，一個鼓勵我好好活下去的父親。

父親總是誇大其詞。那時，他離開軍隊，已是公務員，參加了後備軍人組織，父親告訴我們，他在辦大型活動，他說，他會在我們附近的中和戲院辦電影回顧展，電影明星白光也會隨片登台，我們都可以去看，那時我小學四年級，已經喜歡看電影，我找了同學，耐心地等到電影放映時刻，但在電影院門口，收票員不讓我進去觀賞，我說，這電影活動是我父親辦的，那個人看著我，問我，你父親是誰？

我沒看成電影。從此開始懷疑父親的故事。我的父親從英雄一夕之間成為我不喜歡的人。後來我知道，他確實參與了活動，只不過，他不是領導人，他被人利用，真正的負責人後來成為地區知名的政治人物，那人才是長袖善舞的傢伙，父親被他「矇騙」了，為他跑腿，做了許多事。父親把自己的時間奉獻給了他。

但父親為什麼相信那個人，只能說，那個人比他更會虛構故事，他相信了那個人的故事。父親認為，和那個人做事，他從此可以鹹魚翻身，成為一方人物。但他未能成為一方人物。

也許父親相信自己是領導者，也許是他在策劃那個電影活動。其實他沒有說謊，他只是相信了自己的謊言，深信不疑。

謊言我也常說，但卻無法忍受別人說謊，尤其是自己的父親。

我註定成為那個讀卡夫卡《給父親的一封信》（*Brief an den Vater*）會感到震撼的讀者。

我註定成為一個想到父親便會流淚的女兒。

我介紹父親給你的那一天，你和他喝了很多高粱，我不能說什麼，我們才剛認識，我不想當著你面前拆穿他的謊言。

那是在台北銀翼餐廳，你和我家人第一次相遇。他們毫無任何偏見，立刻接納了你。妹妹說你長得像亞蘭・德倫，母親的表情像不相信你會愛我。我這一生從未介紹任何男人和他們認識，你是第一位也是最後一位。現在我才大約明白，重點不是去拆穿父親的謊言，重點是要去原諒父親的無能。他厭惡渺小，所以才誇大，我為什麼不能原諒？

是的，我必須寫我父親，我現在就在寫，也是他的缺席形塑了我的人生氛圍，我的世界，他是我人生中的第一個男人，他是失敗的男人，說謊的男人，背棄妻兒的男人。我成為一個等待的女兒，渴望父親歸來的女兒。

你說，啊，他是蔣介石的軍人。無關於他，你更多是對歷史的想像。你和他喝了許多金門高粱，乾杯又乾杯。

他的兵役證是買來的，從軍是因為來了台灣後，黃金散盡，找不到更好的職業，才去從軍，他從來沒打過仗。

我曾問過父親，他為何隻身來台灣？他總是回答：歷史的悲劇，因為來自地主家庭，父親早逝，母親要他帶著黃金逃去台灣。就這樣？就這樣。

來不及再問他一次。但也無妨了。就算他是失敗的男人，我已經接受他了，我接受任何故事，任何說法，他的故事就是我的故事。

一個一生為情愛奔波、但也為情愛活下去的男人。在他人生最後階段，被宣布癌症末期，只有半年可活，但他在醫院遇見一名女子，仍然重施故技，情聖的父親欺瞞她，他是肺癌初期，醫生說他很快便會好轉，愛情讓他成功地和女人交往了五、六年，最後一年，女子選擇了子女，放棄了他，父親的病情才急轉直下。

還好他的人生最後還有一場情愛。

他也沒錯，人生如何，愛情如何，一切也不過都是來自我們的想像，我們想像如何，人生便如何，愛情便如何。

你我的愛情不也是出自我們的想像。

父親初患病時，我從德國返台去見他，父親似乎關心植牙的問題多過自己的肺，現在我明白了父親，他是對的，就算生病，為何不能植牙，讓自己顏面更佳？那時我無法理解，對他的話不予置評。我不知道他在談戀愛。

我以為我父親一生只為愛情而活，但按照心理分析師穆勒的說法，祖父早逝一事影響他對子嗣的想法，他沒有兒子，他一直有傳宗接代的壓力。他收了許多乾兒子。

他的乾兒子從來不關心他；但更可能，他也不真心要那些乾兒子。他要的是子嗣後代。

你的父親結了三次婚，但最後一次婚姻維繫了非常久，他成為居家的男人，以你母親的遺產買了一棟又一棟的房子，戰後，任職一家冰淇淋工廠的經理，做了很多年，直到退休。你小時候放學後常常去找父親，你每次都可以吃到你最喜歡的冰淇淋。

但你的父親從西伯利亞前線回來後，和很多老一輩的德國人一樣，無法除去納粹軍人的汙名（所以，你這麼反戰和反納粹），幾乎半個世紀，你父親活在逃亡的恐懼中，在史達林格勒，在庫爾斯克，敵軍來了，在他的睡夢中，來不及逃亡，總是來不及，射殺過許多人，連數都沒有時間數，睡在寒冷的戰壕裡，睡在卡車之下，聽見敵軍軍鞋踏在地上的聲音，聽到無數槍火砲彈聲，耳朵幾乎都聾了，等了數天，好幾次瀕臨死亡，而最後死神經過他，走了過去。他活了下來。

但不能關窗，也不能關門，吃抗憂鬱藥和安眠藥，做好人生最壞的打算，為兒子留下遺產。閒時，做木工和雕刻，曾經為我做了把椅子，在我喜歡的巴伐利亞式櫥櫃上繪畫上漆，他做了許多木工作品，他說，做木工使他感覺自己還活著。他把木工心得全以小字記錄在他的木工作品背後某處。

對兒子沒什麼要求，甚至見面也沒什麼話，更別提兒媳婦。他話不多，真的不多，他從來沒去過亞洲，更別提台灣，那時年紀已大，應該也不會去。

你父親喜歡山，所以買了棟可以看到阿爾卑斯山的洋房，但多年後，花園前方大街上的樹全長高了，擋去了部分的山景，你父親夜裡用鋸子將路邊幾棵樹全鋸了，從此和鄰居結怨。

他雕刻了許多作品，一只皮諾丘（Pinocchio）被他置於大門口。他是老木匠，但我想他可能更想成為一個男孩，而非那個夢想成為一個真正的男孩的木偶。

那只木偶站在羅森漢鎮上一個巷弄人家門口，最後，皮諾丘變成真正的男孩了，變成了你。

你父親是如此愛你。

他過世那天，我在巴西榆城，在報導一則新聞，一個巴西女子和台灣海員生育的小孩因父母雙亡，孩子的監護權落到巴西女子的母親身上，而台灣海員的父母爭奪撫養權不成，成為國際新聞議題，我必須從慕尼黑趕到聖保羅。一場鬧劇，一切與孩子無關。

在旅館房間聽到你父親的噩耗，我沒有意外，我說了些不合時宜的話，譬如，「活了九十歲，已經很長壽了。」我心裡真的這麼想，但你需要的是安慰，我不會安慰人。我從未安慰你。

父親死了，你的父親。

我不能繼續我的旅途，我取消了伊瓜蘇的行程，立刻回到慕尼黑，和你坐在羅森漢一個小教堂裡。我第一次全程參與的葬禮，在你父母常去的教堂。

我們坐在教堂座椅的第一排。我握著你的手，你在流淚。牧師致詞，很公式化的內容。你母親無以為繼，最後在醫院的日子，連探望都很少，她受不了他倒了下來，她受不了他走。

你父親還沒過世之前，最後的日子，在去醫院之前，他躺在客廳的沙發上，蓋著毛毯，你母親很緊張，在客廳走來走去，我去廚房煮水泡茶，聽到你母親走向你父親並對他說，看看是誰為你去泡茶了？看看是誰為你去泡茶了。

但那時你父親已神智不清，家裡籠罩著恐懼的氣息，死神已進入門口，烏鴉在花園外飛過，過沒幾天，又被救護車緊急送回醫院，最後孤單地死於醫院的病床。

你父親走後，我認為，你走向歧路。

更早，我們曾經去墓園選地，墓園不是太安靜，離火車站很近，會聽到火車經過的聲音，墓碑在印度製造，從印度特別運來，質地不錯，價格也合算，你和母親比較過許多目錄，最終有一致的選擇。

克里留斯，墓碑上是一個姓氏，只有這個名字，你母親已打算和他合葬。那塊墓地旁有一棵樹，所以隔著另一塊墓碑的間隔寬敞一點，這是買下的原因。一直有那節省、實用的理由，因為寬敞些。你父母一生省吃儉用，連浴室的肥皂用到小塊，都收集起來擠成一大塊繼續用，這非常德國？那一代的人走過戰爭，畢竟是日耳曼，節省是他們的專有名詞。

你曾告訴我，你父親即便擁有那麼多房地產，去稅務局時還特別留了鬍子，穿著邋遢，表演窮人的樣子，為了節稅，他也成功地少繳了許多稅。

我們學了你的父親，也那樣買下房子與希望。

你父親來探望我們的新屋，第一件事是拉著我到一旁，「這屋子需要小型的掃把和畚箕。」那可能是一種象徵，對他來說。但他的意見我沒採納。又有一次他和你母親上門來拜訪，他告訴我，洗手間沒有準備讓客人擦手的毛巾。

他只告訴我這些事。一個務實的人，這是他唯一跟我說過的兩件事，其他時候，他只給我溫暖的眼光。

有一次去拜訪他，他提到外國移民的麻煩，引用右派報紙的數據，當時我很驚訝，確實他沒那麼喜歡外國人，他也沒去過多少外國，除了納粹出征到俄羅斯，他只愛去義大利旅行，他不會用筷子，也不會去中國餐廳。

但你完全不同。你們完全不一樣。他的生活沒有外國人，但你只喜歡外國人，他是右派（CSU），你是左派（SPD），你以納粹為恥，你的朋友半數是外國人，在我們的共同生活中，我們從未吵架，卻因為一個土耳其水電工而爭吵，爭吵的內容是你認為我排斥土耳其人。

這位土耳其水電工不開發票，隨叫隨到，我們在巴德街的閣樓水電是他裝修的，浴室的暖氣一直不能用，他來看了幾次，仍然不行，我被凍壞了，口出惡言，你很驚訝地問：難道只因為他是土耳其人？

是否，我應該質問自己？其實不是，我討厭寒冬，他剛好成為問題。

分手後，我去了柏林，一位郵政銀行的分行經理也來自土耳其，對我客氣有加，似乎過於客氣。他為我轉帳，並交代一位漢堡來的德國職員要特別照顧我，回家後我突然生疑，特別照顧？但他們都未曾欺騙我。那位土耳其水電工也沒有。只是我孤單無助，連陌生人的善意都不敢接受。

之前，我從湖邊搬到城中心的里奧波德街，不認識別人，只好讓土耳其水電工再度上門維修漏水，那時他看我一個人，覺得奇怪，多問了一句：和克里留斯的關係怎麼了？他是關心我，當時我無法回答。他立刻道歉，對不起，我不應該多問。

確實，在德國，人們覺得有些問題不該多問。那其實是疏離感，一種客套迂迴，德文叫Diskret，我的部分是裝出來的，因為我本性也喜歡直截了當。但我逐漸習慣了在地文化，我把自己裝成了歐洲人。

處理事情時，我喜歡把事情弄清楚，這也是為什麼我可以寫新聞報導，但關於表達，尤其是愛情的表白或創作時文字的陳述，我又不那麼喜歡直截了當。在這一點，我幾乎是雙面人，只有你看得出這一體兩面。

你在結婚後才告訴你父母，我們結了婚。你父親沒說什麼，他以坦然的眼神望著我。我們一起過聖誕節，我們運了一棵聖誕樹過去，並且運一個你父親做的巴伐利亞櫥櫃回來。

你父母應該跟我一樣緊張，從來沒見過面，就成為親人，我們見面一天就決定結婚，讓所有人措手不及。之後綁在一起十多年，啊，綁，我竟然用了這個動詞。

你父親看在眼裡並沒說話，你們家在聖誕節時都吃魚。你父母是基督教徒而非天主教徒。我和你在他們家吃了十幾次的鱒魚。魚都包在鋁箔紙裡，烤的，調味料並不特別可口，並不，你母親不擅長廚藝，一切只講究有機，她笑容可掬，我相信你父親從前一定很著迷於她。

你父親是個不笑的男人，沉默，憂鬱。

我們分手後的那一年，我經常想到他，那時我練習靜坐，我常在靜坐時想起他。我有一種奇怪的感覺，你父親了解我，不，我感覺我了解他。我感覺到他的魂靈在和我交談，我荒謬地想透過他的魂靈和你拾起聯繫。

你曾經看過我和年長的男性互動，你認為，我在尋找父愛，也許，我把許多年長的男人當成父親。

婚後第一年，我的父母來慕尼黑拜訪，我們一起去看你父母，我們一起去風景絕美的茵夢湖（Chiemsee），在那樣的歷史時刻，二個無語的父親，兩個經歷世界大戰的男人，一個來自德國，一個來自台灣，他們的世界交集在一起，只因為他們的子女偶然相遇。我們照了一張合照，我們的父親看起來表情都有點恍神。

這讓我想起我最後看的那位心理分析師穆勒。

那些年我喜歡看她在電視台上的call in節目，她在電視上回答觀眾的心理問題，一個專業心理分析師，因為我的收看，你後來也為報社去訪問了她。我開始和她做了無數次的心理分析。

那些年，我一直愛做心理分析，似乎像生活嗜好。穆勒，一個非常普遍的姓氏，住在郊區那種一整排連在一起的洋房，總覺得那種房子住久了會令人發瘋，因遠在郊區，多半安靜，而鄰居老死不相往來。

她是海寧格（Bert Hellinger）的重要學徒，她遵從家庭排列的理論系統，那個學派認為，人的意識或潛意識常被家庭成員之間的問題牽引及連繫，所以形塑了生活遭遇與他人之間的關係。

她說，我們的父親都曾經走過戰爭，拋棄過家人和妻女。他們投射出陰影，他們就是我們的陰影。是他們的陰影使我們相遇。但我們必得走出他們的陰影。

我曾經也計畫跨國去上榮格學院，所以和著名的榮格分析師瓊安・魏蘭・波斯頓固定做夢的分析，在一個夢中，母親從樓梯跌落到我面前，在夢的暗示下，我看到我從小因為同情而站在弱者母親身邊，唾棄不斷外遇的父親，我的決然也使父親更為逃避。而母親用情感挾持我向父親抗議。在父親過世後，我才開始了解父親和男性的無助。父親說不出來，他只能隱瞞和離開。在那個夢後，母親在我心中無條件的地位陡然下降。

我已經反覆地書寫過我的父親了，甚至你的父親。我在一本書上的某一篇文章上寫他，那一本書也獻給你的父親，但他不會知道，因為他已經葬在羅森漢車站附近的墓園。

下葬那一天，我在。陰天，出席的人沒幾個，你的家人和我的家人好像都不是正常的家庭，正常？正常人應該擁有許多親朋好友？為什麼我覺得沒有太多親朋好友便不正常？我一直有自己不是正常人之感？我大半生都有這種感受。

但和你在一起時，那種不正常感隱蔽不見，突然覺得自己是正常人，有個「正常」的婚姻，正常的生活……

如今，我又不正常了？

你父親下葬那一天，我們手上都持著紅色的玫瑰花，牧師仍然做了演講，然後，我們一一將花擲下，棺木就安置在土中，墓園的工人將一旁的土用鏟子送回，我們就站在那裡，看著撥土漸漸地覆蓋上棺木。

之後，我們和你幾個親戚去啤酒屋喝啤酒，這也是傳統，我第一次看到你的親戚，有一位認為你應該成為德國著名電視主持人像Günther Jauch，因為你比他更優秀。原來你母親和親戚也不親近，這麼多年來第一次相見。而我，長年住在國外的我又何時見過我親戚？我們真的是正常人？

之後，我陪你去過墓園幾次。

你媽常去墓園。墓碑前常有花朵，你們真的愛他。我似乎也愛他。雖然我也從來沒親近過他，我不了解他的沉默，不了解他是否有排外思想，他沒排擠我，沒有，一點都沒有。

你父親，他還好嗎？之後，我父親也過世了，他葬在新店山上的一座靈骨塔裡。他們會不會在那裡相遇？我們的父親都過世了，從此，我們都是另一個人。

如果我父親在他有生之年擁抱過我，以愛的語言灌溉過我那荒蕪之心、枯燥之心，我的人生會不會有什麼不同？

我會更了解愛嗎？更了解男性？更了解你？如果我父親是個不說謊的人，如果我的父親不是魯蛇，如果我的父親是更正常一點的人，一個普通人，一個再普通不過的父親，我又會有何不同？我會今天坐在這裡寫這本書？

更正常一點？

在家陪老婆，好好教養女兒，沒有那麼多的女人，那麼多的外遇，不會在街上看見女人走過便面露垂涎之色。不會為了女人，把家產全敗光。

但太正常了就不正常，太瘋狂可能就不算瘋狂。我們的父親存活下來，我們也存活了下來。

因為父親，我不信任男人，因為父親，我成為不可信賴的女兒。

但你是我一生至此唯一曾經信任過的人。

物質生活

有一件事情我很擅長，就是面壁，很少人書寫過牆壁，像我在八〇年代那樣。——莒哈絲

我們認識時，你開著Citroën DS，你認為是全世界最漂亮的車子，羅蘭・巴特說「從天而降的車子」，我也覺得，你和車子的氣質好像，我喜歡你喜歡那樣的車。有一點未來主義，非常優雅。

但你也喜歡騎摩托車，一輛好看的Vespa，那只是因為你對義大利南方的嚮往。但是德國冬天太長，我受不了搭乘摩托車，Citroën DS開始出現老舊問題，我們向你那位當年扮演律師的朋友買了他的紅色BMW，他因為我們的認識，突

然回到前女友身邊，他們不再需要兩輛車。他的車我們也開了二、三年，有一天一隻鬣鼠咬壞了引擎蓋，那一陣子，你老闆下班送你回家，你坐上他的保時捷（Porsche），你回家告訴我，我們要換車子，有許多原因，但其中一個我最同意，自動暖熱坐墊。

我們在日內瓦旅行時，你在旅館無意間讀到一則賣車廣告，我們因此在回德國時，經過蘇黎世買了一輛八成新的Jaguar，感覺不錯，只不過車子功能與時俱進，我們決定還是買全新的車子，因為記者證可以打九折，我們開著最新款賓士柴油車在歐洲各地遊走。

是你喜歡開車嗎，還是你太熱情好客。或者這就是你愛我的方式，你開著大車，載著我的朋友到安迭許、安巴赫甚至到瑞士及義大利。你開車載著我的朋友，從德國一路經奧地利去義大利，由北向南。或者，沿著蔚藍海岸，又或者那些美麗的湖，譬如博登湖或加爾達湖。

那些年你充當我的司機接送我到任何我想去的地方，我們過著別人羨慕的生活，那時的我們，就像一個活生生的德國電視廣告，兩個男人拿出照片比較，他們說，這是我的妻子，這是我的房子，這是我的車子。

這就是人生，這就是我們以為的人生。

一週一次超級市場，二週一次拜訪你父母，你一個月一次和你的男性作家朋友聚會。你的年休假是三十天，你善用你的休假日。

你不愛買東西。我決定所有要採買的物品，事前做好採購單，你負責付錢搬運，在愛德華．史密特街時，沒有電梯，德國的四樓就是亞洲的五樓，你一層一層地搬運各種物品，你搬了又搬，簡直就是薛西佛斯，包括你父親手繪的巴伐利亞式衣櫃，因怕弄壞，你特別找了朋友一起搬。搬進，搬出。搬出，搬進。

在史坦伯格湖認識了許多富人，那湖邊住了許多有名的巫婆和作家，還有我們喜歡的巴伐利亞慕尼黑隊的足球明星。我們去有錢人家作客，非尋常的有錢人家，他們在花園開著喝香檳的聚會，過著有錢人的生活，真的有錢，我們看著他們怎麼過生活，用什麼家具，我們去買了一樣的家具，一樣的餐桌椅，我們認真模仿他們的生活。

我們看著那些新富和舊富人家，多半和新富人家來往。但最終我們對他們失去興趣。其實，會見面的多半是無聊之人，像徐四金或蘭妮．萊芬斯坦這種名人，我們怎麼可能見到。哦，派屈克（徐四金）小時候都在那裡玩，他父親的船都停泊在那裡。蘭妮是住對岸，但請不必談論她；因為她和希特勒的關係，政治完全不正確。

那時我們擁有一些，我們找了最好的瑞士銀行理財，銀行內部就像皇宮，理財專員接待我們之前，才送走阿拉伯來的大款。我們真以為自己屬於那些地方，但金融海嘯讓我們的財產頓時少了一半，就在瑞士銀行。真實的情感也不能累積，我們過著表面的生活，愈來愈表面了，裡面是什麼，有什麼，暫時都不重要了。生活過麻木了，只剩下皮毛。

但我至今仍然想過那種表面生活。我也想要高尚的生活內容，只是無法表裡合一，我失去了內容，我只可以為沙發換新布面，僅此而已，那並不是新沙發。

那時我們也學了一個漢堡來的富人，買了一個北德人用的那種沙灘椅，就放在花園裡，我似乎接受了那人的北德品味，夏天時我坐在湖邊花園讀書寫字，以為自己過著「某種」上流社會生活。

現在我了解錢這東西，你必須嗜之如命，否則你必須命好，它和性是一樣，有人要多少就有多少，有人就算英俊好看、美麗胸大也得不到。

我們擁有一點表面，一些家具，一個地址，一輛車，至少他們以我們為榮，我們是作家，而且你還有一個亞洲妻子。

是我想過那樣的物質生活，無疑地，這個想望也毀了我們的關係。

那叫理想之屋症候群（Ideal House Syndrome）。我們後來發明的字。我們總是在蓋一個理想之屋。從愛德華．史密特街的公寓開始，我們總想自己蓋房子。接著移動遷徙。太多的書，太多的棉被，太多的水晶杯、瓷器。我們搬來搬去，活在過渡的時刻。常常搬家過後很久，我還在搬家紙箱裡翻找東西。理想之屋症候群便是，我成為某一種紙箱人。

尋覓一個理想之屋，似乎也是娛樂。房子有人住也好，新公寓也行，不同的時候，我們總有不同的想法。我們先看街道再看房子的外觀，會早晚各去一次，決定是否喜歡環境，接著便是拜訪。我因此進入了不同的住家，了解德國人的生活。不同的故事，許多分裂的人生。

如果幸福，那很可能就不會選擇搬家。

之後看室內的結構圖。至少需要五間以上的房間。選地板材質，知道要地熱，也知道浴室要用大理石，我在比例圖上用尺量來量去，一些物件或家具也許也會到**IKEA**去找，這裡一直是理想之屋症候群者最愛來的地方。尤其剛開始第一棟房子，我們也常去，多少次把東西努力運走，書櫃板子裝不下，回家拆除包裝，組合物件，搬進去，搬出去，一直重複這個事，好像這也是生活內容。

症候群幾次發作，對居住的房子不滿意，一直在換住處。是我對我們的生活不滿意，像對待自己的作品，總是要更改。但我真的不明白我為何不滿意，所有的人都覺得已經很好了，我就是覺得不夠好。

我們請人來蓋花園洋房，希臘人開的工程公司，老闆娘認真學過心理學，她喜歡亞洲人，想和我交往，在我面前批評你的個性有問題。她說她和丈夫失和，但分手後她活得更開心，她不但絕對不會在生意上騙我們，且願意在生活上幫助我。我真心聽進她那一套說法，但他們讓我失望，我人在布魯塞爾，你打電話告訴我，屋頂的瓦片顏色與計畫不一樣。不知道是她，還是她丈夫，竟然選了便宜的瓦片。

原來蓋房子必須知道這麼多細節，我學會了在德國蓋房子，但我沒學會蓋好自己心靈的房子。屋頂，籬笆，瓷磚，雙重隔音窗戶，把手和插座。對我，所有當中最重要的一定是壁爐。我們曾經去慕尼黑郊區看一個房子，賣房子的人說，壁爐上的壁磚專程從義大利運回來。他們才住了三年，便要離婚，想把房子賣給我們。男主人強調那壁磚如何辛苦地搬運，我們站在壁爐前聽他說了好久。

常常看房子，去森林區，高級住宅區，甚至法拍屋。去了法院，和人競標。僅僅因為一張照片，它引發了我的想像空間，人生的理想之屋，我們便走了進去，就像任何買家那樣走進去看每一間房間。也有那種房子，我們非買不可，但它位於快速道路旁，非常吵鬧，我們白天看了一次，晚上再回去看，賣房子的人說，要不你們也可以在這裡睡一晚？最後可能又因某個奇怪的理由不買，譬如停車間無法自用，必須與別人共同使用，或者花園形狀過於狹長。

第一次的購屋經驗很慘烈，賣方欺騙了我們，賣方其實並不擁有房子，是買空賣空，我們不相信被騙，想盡辦法找到他。原來德國也有金光黨，他租了一個辦公室，裡面貼了許多「理想之屋」的圖說，並給我們看了一套精美的理想之屋幻燈片。我們簽了字，沒想到是騙局。不明究裡，我們四處尋找那人，開車到他登記戶口的家門口等待，是一個高級住宅區，一條美好的街道，開門的是個中年安靜漂亮的女人，她說，他們已經離婚，他早不住在那裡，我們就這樣被騙了十萬馬克。

但理想之屋症候群發作了，我們還是設法買下那塊土地。那條街叫侯郝爾街，門牌號碼是一號。房子蓋得很快，搬去後，我們常去旁邊的旅館吃早餐，羨慕鄰居的花園比我們更大。左鄰的鄰居是西門子工程師，他們真的是典型的德國人，完全可以想像，有個女兒下午六點彈鋼琴，下雪天早上七點前便會出來門前鏟雪。右鄰的鄰居是個木匠，他很少住在那裡，來的時候就是鋸東西，然後將木片搬走，晚上客廳的燈一定亮著，因為怕小偷，搞偽裝。我們在二棟房子之間隔了水泥矮牆，他拿著市政府的土地購買證，說是超越了法定的丈量，差了一點五公分。但他很客氣，沒有要求我們拆除。

毫無疑問他是好鄰居，因為他沒帶來困擾。在德國，很可能因為杜鵑樹枝不小心長到鄰居家，就被鄰居告。我們某一天烤肉，烤到一半，更遠的鄰居居然大聲在遠方對我們大喊，「一個月一次」，我們都嚇了一跳，一個月一次，原來如此，在德國的潛規則，在花園烤肉，最好一個月一次。因為那人不喜歡遙遠的煙飄過他家。

又有一次，你在屋裡釘東西，他遠方又傳來一個叫喊，「中午十二點。」原來中午不能發出噪音，但我們距離真的很遠，他怎麼可能都聽得到？左邊鄰居一直沒有聲響，安安靜靜，偶爾出現一下，搬走另一個大型木塊，我們看不清楚，開始猜想，他可能是棺木的製造商。

那條街有個好處，街上的高樹長得非常好看，就面對我們的窗戶。第二年樹葉稀疏了一些，我們曾擔心那些樹得了什麼疾病，哪一天會突然倒下來。房子弄好了，完全弄好了，連花都種好了，但我又想搬家，可能也因為那斜的屋頂，突然覺得飽受壓抑。我在那房間折斷一根腳趾，有好幾個月走路不方便。

房子的屋梁立好時，我們曾在那梁下請你父母和工人一起喝香檳。後來我不想住了，你聽從我的決定，但你等了幾個月才告訴你父母。才兩年，他們驚訝地說，我們才剛剛喝了香檳。

我們找最「好」的建築師，去最有「名」的湖邊。使用最「好」的廚具和沙發。我們想過他人的生活，而不是自己的生活。

又回到城裡巴德街，打算買下一個老婦人的房子，一切都好，只是她住在裡面，而且按照德國的法律，我們至死都不能趕她走，好吧，還是買了，就等她死吧，我們還年輕。等她去養老院即可。但她太健康了，我們去拜訪她時，看到屋內新買了跑步機，開始有點擔心來日方長，我們可能等不及。沒想到她真的死了。

我們又開始改造房子，再也不要IKEA了。買了德國最頂級的家具，一切細節又照顧到了。一切，那應該是最好的房子了、最理想的房子了，也不過住了三年，三年後還是想搬。我總是會找到理由，會不會這是我的毛病，不是你的問題，也不是房子的問題。因為到現在我仍然做一樣的事，慕尼黑，柏林，北京，台北。

我仍然在搬家，在尋覓理想之屋。

但你之後搬回這裡，你一直住在這裡，巴德街。現在是你一個人的房子。

是你的理想之屋？

情感的語法

我沒說話，是話在說我；我走向窗戶，我被打開了。——彼得．韓德克

現在我幾乎完全忘記你了，我想的是他。他在往路易斯安那的小飛機上問我：你在寫什麼？他剛好也是作家。

又是一樣的問題，但是問話的人是他。他是在你之後最讓我傾心的人，我似乎愛上了他。他的出現擾亂了我的心。因為我不確定他是不是像他說的那樣愛我。至少他不像你那樣愛我。

我正在寫我的情感編年史。我這麼告訴他後，略微後悔，我的情感回憶？為什麼要寫下來？但，我若不寫下來，我就遺忘了，我應該讓它在我心裡慢慢消失嗎？

若我不記得，那就意味著那些回憶將永遠消失了。

我重視情感的事件、細節，甚於感官，是因為我的感官記憶太少了，我對待自己的身體很粗魯，我總是不太清楚為什麼我的身上有瘀青。

你從來沒認真想過你的身體有何需求？你的欲望何在？我似乎愛上的人現在問我。

沒有，除了進食和溫度。話雖這麼說，我的標準又不太近常情，礦泉水要喝常溫，無論在什麼城市。在德國，那叫室內溫度，我不太接受把沒喝完的紅酒放在冰箱，我責怪你，怎麼會有朋友上門，香檳酒怕不夠冷，放在冰庫卻幾乎冰凍了。我確實在乎體溫，在德國，我常常覺得冷。連我們夏天常去的啤酒園，坐久了也冷。

他問我，為什麼你這麼害羞？我想了一下，因為我是一個疤痕累累的人。

我是一個很容易留下疤痕的人，我容易生懼，畏光，畏高，容易暈眩。我害怕關係的斷裂，和任何人的關係，不只情人。我還不知如何接受死亡，而人生就是一場逐漸發生的死亡。也許，他會認為我太淺薄或太無聊，因為他參加激烈的身體活動，乃至戰爭，他已經殺過十一個人，因為對某人深感憤怒，他現在很想湊一打。他在開玩笑嗎？他的心智比我堅強，不，我想他的心智過於冷靜。

我擔心他對他自己不夠真誠，像我父親一樣。

同時之間，我經常和一個法國男人聊天。你在乎我抽菸嗎？不，我不在乎。我總是這麼回答。不管是誰問。那位法國男人無法了解處女情結，他說他最不理解的是那種已有年紀仍非保持處女身不可的女孩。我以為他說的是五十歲。不，他說的是二十歲。沒錯，我的初戀情人是法國人，那時我二十二歲，我說我是處女，但他根本不相信。

這位我如今愛上的男人，他，姑且稱他，這位我似乎愛上的人，老是在試探我的弱點，我的極限。試探是他示愛的方式，他兒時是金髮的孩子，長大成為褐髮，他說他少年時曾在家裡看過父親從軍的照片，一群人在歡笑中，父親手上還提著剛被砍下來的日本人的頭顱。

他們都殺過人。而我連殺死一隻蟑螂，心都在顫抖。

我正在寫什麼呢？教授，說起嚴肅話題時，我稱他教授，教授，請把燈給關了吧，我不要他什麼東西，我只要他此刻的理解。我知道他的思維天馬行空，我的剛好也是。

他說，我要的不過是在他身上灑尿。

當我在街上走路，最好路人都剛好讓開。我也不要低著頭，我眼光直視前方，腦裡都是遠方，這就是了，我充滿了莫名的情感，往前走。

他讓我產生了莫名其妙的想法，譬如：我不要向他流露出我真正的情感。我從現在開始訓練自己，我寧可向陌生人流露，我寧可在眼下寫字的現在流露。但不是向他。愛他，或遺忘你，都是在療癒我自己。

從前，我以為交流當下的情感很重要，我以為只要我說出來，對方能夠理解，那就成立了，這便是我在尋找的人性交流。這是我以為的愛情。但其實並不是這麼簡單，男女交流情感正像藝術的表現。他，這位他改變了我對戀愛的觀感，我已經徹底地變了。在你之後。

昨晚，和一位有真正頭銜的文學教授聚餐，我很僵直地做好一位陪客應該做的，我也喝高粱，但沒辦法和他一樣喝上二兩。

文學教授說，文學語言一直是男性的，當女性寫作時，其實是男性化的一種過程，但是，我略帶退縮的眼光，因為我不確定我了解他的意思。教授，我說，我要做的是反對這樣的男性，我不覺得文學語言一定屬於男性。但我如何反駁這位權威教授，他說得無庸置疑，而且他有許多舉證。

那不過是一種看法，我也有我的看法，我企圖鞏固我的想法，有關如何以文字、語言對抗男性或父權。

那些父權思想的人能明白我的意思嗎，可能不，我得設法讓他們明白，我做得到嗎？

嘿，教授，文字只是交通工具，我們用來溝通，就像性交，文學並沒有性別，至少不該有性別，文學不該分性別，文學就是文學，不該只屬於男性，或女性。

但是，教授說了，那些偉大的女性作家都是從模仿男性開始寫。說得我啞口無言，我立刻有徒手在森林前進的感覺，有奮身搏鬥的感覺，是和野獸、惡狼？還是和社會定義的文學評論？

如果我的眼光是一個死者靈魂的眼光？

我和教授告別，不確定我真的明白他的意思，或者他明白我的？在下大雨的夜晚，我的裙子和布鞋全濕了，因陪他喝酒，我亦沒怎麼下食。

從來我沒和一位男性討論這個議題，包括你，但這個議題必須討論嗎？那些討論的時間應該用來寫。我還沒找到刀子，不，我找到了刀子，我還沒找到切入的點，必須遊刃有餘，我知道有人宰割時可以這麼厲害，這不是我的意思，我在說下筆的精準，作為我所說的文學，非男性化的文學。

這是相較於教授說的文學。我想找到自己的聲音，親愛的你，我們怎麼離開這裡？我們在高速公路上，該在哪一個出口下交流道？

如果人們不夠友善，不夠禮貌，我是否應該更有耐心，我知道，我不是教育家，我沒有時間和精力去教育別人，請原諒我的粗魯回報，時間真的不多，我們該把時間用在傳遞愛意這件事？或者傳遞進步文明的訊息？

在等待的時刻，我想更靠近真和美的事物，我知道，這又是一種幻覺，但我喜歡幻覺，所以我願意等。

我現在只要延長這種等待。不再焦慮的等待。雖然我的腳是冰冷的，但我的心還很熱。

我們在笑聲中丟下一個小鎮，往另一個山頭前行，我們吃一樣的食物，聽一樣的音樂，對旅館服務人員生一樣的氣，我在你身邊醒來，發出疑問：為何你總是這麼容易入睡？你究竟是天真還是過於無知？

你可以假裝你不介意。但這也很難。就像愛情，你可以假裝你無所謂，你這麼說，但做不到。

我是要徹底失望後才能下定決心，然後我才能放下。幻覺必須徹底消失，我才能走出來，像酒醒？

像抵達一個旅遊中點站，某個城市，只有離開才能往下一個目的地。我經過了無數的小鎮、城市，我要抵達何處？

你介意我抽菸？不要再問了，抽吧。如果可以，我可以喝上一整瓶的紅酒，勃爾根或奇安提或聖埃米昂。或者是那據說消失中的品種**Pinot Noir**。

我回來了。你每一次打開門都會對著空空的房子說。

你是對著房子的精靈說話。而我現在覺得，那精靈無所不在。

那精靈也看著我寫作，看著我們分開。告訴我，究竟我們的才華夠不夠，還是我們這一生是為了知曉自己的才能夠不夠。記得在下一個加油站要加油。

我不太明白自身，我以為我明白，其實並不，是他打開了新的地圖，他點燃了我的欲望，我想要一探黑暗大陸，而我自己就是那黑暗大陸。

我就是那女性的黑暗大陸。

只有一點月光，地面像皮革般反射著光線，溪流不斷流過，野獸已經醒了，我必須警覺地前進。

蟋蟀聲不斷，群鳥振翅飛過。野狼開始嚎叫。

但又有許多時候，我的心很安靜。我知道我不必擔心，真的沒有什麼好擔心。因為我雖沒有才華可以寫出曠世之作，但我有足夠的才華寫到足以讓自己落淚。

我知道，他不像你那麼愛我。但我也無所謂了。不一樣的愛。我還是可以繼續寫。對那些怎麼樣都看不慣我的人，對那些怎麼樣都無法愛我的人，我沒有怨恨。

對那些編造假新聞謾罵我的人，我也沒有怨恨。

我必須坦然面對，我不必愧對，我並不完美，我做錯太多，但我活過來了，儘管有這麼多錯失，我仍然在寫，在說過多少次不寫之後。

我循著內在最深處的旋律前行，走上陌土。

我並不是在重複自己，我確信。

他不夠愛我也無所謂了，我只要試著延長我們的談情說愛，我希望可以延長得夠久，那也就是了，那幾乎是愛情最重要的部分，而我以前卻完全忽視。

我和你在一起的時候，我忽視我的身體，我的欲望……真令人傷心，還要再說一次嗎？

我要重新學起，重新過生活。問路時，一位義大利女人告訴我，往前走，你不會再錯過，那優雅的湖泊，那黃金般的城堡。在羅馬，問路時，男人帶你前往，在開羅，男人牽著你的手過街。

他們都說真主至上，他們都說哈利路亞。

從前我是男人，從前我也是女人。現在我是女人，也是男人。

想像的國度應該沒有界線。但我的想像力未逮開發，潛意識似乎在禁止我，有些領域的事物我不敢、也不善涉獵，正如不小心在螢幕上看到暴力、色情或靈異、鬼怪或蛇蠍，我立刻轉台。

是我的想像太侷限了，還是我的語言太侷限？

我只想像美好，不想像不美好。但我的寫作，難道我的寫作只該寫美好的部分，而不美好的部分呢？

我們一直在咬文嚼字，一直試著用美麗的詞藻堆砌一個我們想像的美麗世界。

這世界不該只是美好的世界。

否則我便不會和你分手。

旅途從你開始

世界就是一切所發生的事情。——維根斯坦

你和德國左派文人一樣，最愛托斯卡尼。你的大學同學克莉絲汀和她的律師丈夫，在蒙塔奇諾附近找到一家風景絕佳的農舍，他們常常開車過去，並且委託一位住在附近的德國人施工重建，蓋一棟有游泳池的花園洋房。

我因為你們而愛上托斯卡尼。

農舍擁有一大片山，風景真的令人心曠神怡，到處都有我喜歡的橄欖樹，唯一可惜的是，擁有者是一個不想再管理農地的中年人，他的寡母仍養雞養豬，每天都勤勞工作，他是獨子，明顯看得出來，他不想經營農業，他想搬到附近的大城市西恩納去住，去結交一個時髦的女友，一心一意只想把剩下一半的農地和山坡也賣給有錢的德國人，他以為我們是潛在顧客，對我們非常殷勤，一有機會，便對我們介紹他家那一大片山坡地的種種和五百年農舍的梁柱等等。

義大利人真是得天獨厚，無論城市景觀或田園風景，在托斯卡尼，那文藝復興時期的天光雲影一直到今天都還是令人驚豔，又怎能不心動呢，我們也開始認真思索買下他那另一半。

我愛上義大利也是因為羅馬皇帝哈德良，我幾乎去過所有他建造的建築。比利時作家尤塞娜一生的作品，她從小就想寫哈德良傳記，花了大半生在寫。是她，常讓我覺得，我該去寫我一生最在乎的題目。

我們第一次分手後，你回來里奧波德街找我，你拷貝了德國導演湯姆．提克威爾的《天堂》，就在我們熟悉的托斯卡尼拍的，在我最喜歡的蒙特普其安諾城，第一次我去到那個山城，坐在教堂的台階前，看著廣場，我覺知許多，彷彿我前生已來過。電影由我喜歡的演員凱特布蘭琪主演，你又說了一次，「如果你不喜歡這部電影，那我們就真的分手」。上一次你說一樣的話，那是宮崎駿的《龍貓》。

克莉絲汀為了蓋房子常常到義大利來，他們找了一個在義大利住了大半生的北德人，是一個帥哥及共產黨員，他的社會主義思想非常堅定，動輒批評老小布希，那人住在蒙塔奇諾城一棟市長以前住的房子，在那種老建築，壁爐是獨立的一個密閉空間，大家可以在裡面圍爐，我們和一群人一起烤栗子，我們看到女人如何在我們面前為他爭風吃醋。

他為克莉絲汀蓋房子，義大利工人進度緩慢，但他也仍然把破敗的農舍改成高級度假屋，我們對此也感興趣，因此常常過去拜訪，其實路途遙遠，但最後總是覺得值得。在雞鳴狗叫聲醒來，山景如是柔和，餐點如此美味，尤其難忘鹿肉的義大利肉醬麵，和蒙塔奇諾的Brunello紅酒。

義大利真是激發靈感的地方，我曾經在八九個小時的車程旅途中想像一個小說故事，抵達這裡之後，半天就完成了一則短篇小說。當我沉浸在我的內心世界時，我完全不管你在做什麼，你開車，你照亮一切，你負責尋路找出目的地。我們一起在浴室刷牙洗臉，我走出浴室前關了燈，你在黑暗中發聲：那我呢？是誰必須天生愛我，受盡折磨？我只知道坐在你旁邊，要你載我的朋友在義大利旅遊，由北到南，到這個靠近蒙塔奇諾的小鎮，天黑迷路，因為著急，我甚至在她們面前教訓你。

你當時為何接受？那是不可能的愛。我可以想像哈德良大帝，他如何在臨終時想念他的愛人安提諾烏斯，或者安提諾烏斯何以為哈德良跳河。部分也歸功尤塞娜的寫作，我那麼容易想像被愛折磨的人，那些年的你，現在的我。

我們兩人在一起，獨立於所有人之外，我們團結一致，擁有共同的目標，我們一起去各地旅遊，偶爾也參加旅遊團，導遊向我倆介紹景點的時候，我們常因介紹內容的淺薄，顯現沒有興趣的樣子，但導遊費照給。

在愛麗絲泉，在艾爾斯岩，在開普敦，在聖彼得堡，在東京，在聖地牙哥。

在博斯普魯斯海峽的郵輪上，土耳其導遊在談伊斯坦堡有多重要，土耳其人又多麼偉大，我們面無表情地看著窗外。我們兩個是同謀，像二個不想上學的小學生。

我們想的是絲路時代的博斯普魯斯海峽，我們想的是奧罕・帕慕克的伊斯坦堡，我們想的是土耳其導演錫蘭的伊斯坦堡。

我們那麼愛伊斯坦堡，但那次卻坐在一個嘮叨的旅遊團裡，坐在巴士最後面的位置，迎面吹著風，兩人握著手沒說話。我們到哪裡都是自己兩個人。

我們陪著好友克莉絲汀和約布斯去越南領養越南嬰兒。

我們陪著他們出發到河內，兩次，一個男嬰一個女嬰。我成為男嬰的教母。我們看著他們領養的小孩一天一天長大，男嬰已長成好大的孩子，我和他一起在河邊慢跑，我一邊跑一邊想，他的越南生母為何不要他？

在湄公河上。我問你，我們該生養孩子嗎，你說，如果你要，我們就生養。但我那時對自己沒有信心，並且延遲了決定。我不確定我是否能照顧一個孩子。

一切便太晚了。

我們分手後，我再也沒見過他們。我們留給約布斯孩子許多樂器，那些我們在國外旅行特別為他們採購的阿拉伯或非洲樂器，現在又被擺在哪裡？

我們在地中海遊輪上，一次往東，一次往西。

往西是在熱那亞上船，彷彿二〇年代要移民美國的入船光景，住雙人房，帶著皮箱。向西那一次，你母親也來了，在另一個房間。每天經過一個又一個島，一個城市又一個城市，馬賽，巴塞隆納，不一而足。

船走到直布羅陀海峽，一直到卡薩布蘭加，然後又迴轉往東。遊輪上是三星級的米其林餐點，和許多高齡人士同桌，其中一位年紀已八十的女士，在同桌餐桌上結識另外一個男人，墜入愛河。她說，這是她人生最美妙的旅途。除了令人飽食的餐桌，我都在房間裡讀書，我催你去船上的賭城賭一把，因為我想要獨處。你認識一個一起抽雪茄的男人，他告訴你許多投資慘敗的故事。我同意你母親同行，但卻很少陪伴她。我們一起去看高第的建築，知道雪利酒是怎麼做的，經過許多清真寺，到了北非，騎過駱駝，吃過蒼蠅圍繞的羊肉，吸過水管煙，沾吸過沙漠的風沙。

比起我們在澳洲及美國駕車旅行，因為懶散，我更喜歡在遊輪上，一個城市到一個城市，帶著簡單的行李，再也不下船了。在台彎傳奇作家住過的特內里費島上，很多人說是天堂的地方，我們尋找午餐的餐館，你想吃西班牙菜，我想快點坐下來，兩人在大熱天突然吵起來，這是人生第二次吵架，我很訝異你第一次這麼堅持，回到熱那亞，我搭飛機返回慕尼黑，離開你和你媽。我總能找到最好的藉口，生病是最好的藉口。因為這個藉口，我活得不太健康。

離開卡薩布蘭加，海岸線遙遠，暗夜裡的大西洋風浪巨高，幾乎要吞噬了遊輪，也許我們的人生就到此一遊了，至少我和你在一起。我每天都在船上靜坐，你讀報紙雜誌，我靜聽你翻閱的聲音，遊輪的房間並不寬敞，容下兩個單人床，一張地毯和桌子，一間浴室。我們兩人可以在任何狹窄的空間裡共同生活，你好像成為我的影子，有時無聲無息，我們沒有發現對方的干擾，沒有，我甚至可以隨手關燈，你在暗中問我：那我呢？

那我呢？現在是我問。

也許是我沒說出實情，我是一個難以被人理解的人，外表高傲，其實溫和被動，永遠在追尋難以達到的目標，你像太陽照亮了我的心海，但海浪起伏不停，那並不是我故意如此，我無意欺騙，可能在本質上我們很難認清愛情。那並不是我們的錯。

我們一直在路上。我們一直在計畫，每年的一月一日坐在一起，列下一年的目標，目標永遠沒達成。已經寫下好多年，其實那些目標也不是目標，我們唯一該做的是快樂地活著。

我和你也去了印度。我喜歡印度，因為在所有極端中，最美的及最髒的，最華麗及最俗氣的，最高貴及最貧賤的，都會在那裡發生。

我們去達蘭薩拉很多次，我們遇到十四世達賴喇嘛和他的隨扈。隨扈的父親是通靈的人，他父親跟我們說，要祈請降雨很容易，但要雨停就比較難。所謂請神容易送神難。我們非常想看他請雨。我們也非常想參加西藏的天葬。

我因病痛而再度到印度學習瑜伽，你陪我去了一個叫普納的小鎮，整整一個月，受不了素食，整天想吃葷，但鎮上就只有麥當勞和Pizza Hut，我們在城裡閒逛，遇見許多穿制服的男女，他們穿著道袍，在修道園區裡玩呼拉圈，我們一直在換旅館，最後住進一間貼滿綠色樹林壁紙的房間，你要按摩的印度人進房間為我按摩，你坐在客廳上網，用耳機聽音樂。

你經常陪伴我做瑜伽。你站在教室後方，就像印度富人的司機站在瑜伽教室後方等待他們的主人。怎麼會有人對我這麼仁慈？超越過我的親生父母，超越過任何我在世上遇見的人。你怎麼會這麼有耐心？

那時我認為你對我好是應該的，我們在孟買城裡天天去找一位專門拷貝CD的印度人，我拷貝了無數片印度音樂，我們去布店和裁縫店，為了訂做那些我只穿一次便再也沒穿過的衣服。

除了你，這世上還有一個男人對我這麼仁慈。那時我七歲，剛剛從外婆家返回台北的父母家，媽媽給我十元或二十元去買醬油，我走了一大段路去找雜貨店，我不小心把錢丟了，站在路邊哭，一位騎自行車的男士看到了，他停車問我，一個中年男子吧，他二話不說，立刻掏出錢給我，然後他騎車走了。

我也一輩子記得他。

在那麼絕美的城市，不管是伊斯坦堡或印度孟買，我們過著波西米亞生活，只是我沒能活在當下，總是任意而為，你心甘情願陪著我。

而我人生最重要的旅途是從你開始。

憂鬱

聽到的聲音很美，而聽不到的聲音更美。——濟慈

這並非無緣無故開始的，你的憂鬱症，也許你一直都有，只是情況在漢堡更具體了，你在上班的時間打電話給我，問我：稿子怎麼寫？

這五個字讓我眼下幾乎快掉淚，因為，問話的你是位德文作家。你曾為德國最具水準的雜誌擔任文字主編，你打電話給你的外裔妻子，你問：稿子怎麼寫？我和你做了討論，然後，你說，那第一句怎麼寫？我覺得奇怪，德語並非我的母語，我從未使用德文書寫，除非必要你怎麼會問我，而且第一句？你拜託我先用中文寫下來，然後翻譯給你聽。

而我真的為你這麼做了。然而錄用你的總編輯仍然不滿意你的（我的）文章，他喜歡的是傳統的新聞報導體，而你的報導寫作多少有那麼一點蒙太奇或拼貼的概念，你的報導內容可能並不是那麼工整嚴謹，所以你無論怎麼寫，都無法讓他滿意。

這個工作是一個「夢想工作」，而你一直有夢想的工作，一直到我們分手。這些夢想工作都是為我做的，之前的夢想工作是為電視台擔任選片人，你到處旅行，各大影展，你去好萊塢和與賣版權的人吃飯，你坐在辦公室看著各種各樣的A片，最後受不了，請了工讀生來幫忙，你為電視台買下所有李小龍的電影，且版權期間長達二十年，後來的這二十年德國觀眾都還受你的戕害，電視上李小龍一直在打鬥，這都是深夜時段，到現在，那些片子還在播放吧？

離開電視台，是因為你的主管被另一位同事取代，那位女同事是女權主義者，她一點也不喜歡武術片和李小龍，她討厭你，你也不喜歡她。

然後你找到這份工作，是德國的國家地理雜誌，我比你高興。你可以到處旅行，寫旅行報導，這本來便是你的夢想，不，這更是我的夢想。

但這只是一個夢想。嚴格說，這個工作讓你陷入憂鬱症。

在那寒冷的海港冬天，我們什麼也沒做，什麼朋友也沒交往，除了我年少的朋友，我們出去過幾次，大部分時間窩在漢堡那種北德的三房公寓，是短期租屋，我們共住過兩個房子，住了半年，第一棟是有海港景的公寓，現代建築，有非常大的陽台可以眺望海景，租房子給我們的漢堡男人叫Arendt，我常常在信箱裡收到他的帳單。他說，他要出外旅行，所以把房子租給我們，但後來我們發現他其實與女友分手，付不出另一半的房租。我曾經也住過這樣的房子，在巴黎Rue de Chateau，我的年少，租我房子的人說他是無疆界醫生，要去非洲工作一年，但有一天，他母親撥了電話，問我，她兒子還在巴黎嗎？他母親說，她兒子因女友離去而生活陷入一團糟並且欠了許多債。

我們住了Arendt的房子，三個月後，我們搬到另一個剛離婚男子的家，又是一個人生的悲劇，我們雖然打算在漢堡住下來，但我們在流浪，我早已習慣這樣的生活，但你似乎不習慣，你病了一場。

你的一位主管為了支持你，讓你進行一個封面報導：Taiwan。他認為，你有一個台灣妻子，這個專題一定會讓你安全過關，從此進入這份雜誌的核心寫作成員。

但這個專題讓你崩潰。我們一起來了台灣，你做了所有該做的功課。你聯繫了所有該訪問的人，上自總統達官貴人，下至黑道名妓，我甚至陪你到原住民部落去採訪，幸或不幸，在當時是幸運，你採訪了許多重要的人物，只是總編輯不喜歡你報導的風格，你用八個人物八個時間點寫台灣，那八個人物確實可以代表台灣，但他覺得寫法過於鬆散。

你那鑲嵌般（mosaic）的寫作，把八個人物採訪融為一篇報導，因得不到總編輯的認可，從此你噩夢連連，無法好好睡覺，你從慕尼黑家裡為我搬了電視機到漢堡，上火車前，我為了自己的病痛，已無暇顧及你（我又何時顧及你？），我看著你一個人抱著電視走入火車站，我第一次為你心疼。我們活在噩夢裡，如果你的寫作不被認可，這就是噩夢。但你很想知道自己是不是寫得很糟，你問了別人，不，你寫得很好，這也是朋友給你的答案。寫得非常好，只不過不是總編輯要的。他要的是一種特定的風格，他因此找來資深編輯大幅更改你的文稿。這足以令你撞牆。

你果然撞牆。聖誕節前，你離開漢堡的辦公室，趕著回家與我會合，你跑太快，沒注意到前方是玻璃牆，你撞斷了鼻骨。

可能這是你一生最痛苦的經驗？你從未有過這種經驗，算是恥辱？連我也開始放棄你那理想的工作夢想，你不合適這個工作。

我們又回到慕尼黑，你請了病假。你去看了精神科醫生，如果這不是憂鬱症還有什麼是憂鬱症？醫生說。就這樣，我問，就這樣，醫生就只回答這樣。

好吧。你開始吞百憂解，你固定吞服，你和我一樣，開始慢跑。不，你和我一起去慢跑，在河邊，在那絕美的伊薩河邊。後來在那絕美的湖邊，史坦伯格湖，我們跑了很多年。我們相信慢跑，至少你的情況得到改善。

你也去看心理醫生，和我同一位的穆勒，她應該非常喜歡你，至少我這麼覺得，她在閣樓為我們做心理分析，我們分頭各自去，也一起去。

關於你在漢堡的病。那就叫家鄉病（Heimweh），按照她的簡單分析，你無法在漢堡找到家的感覺。如今，我開始懷疑她一流心理分析師的身分，家鄉病？這麼簡單？太簡單了。

她沒看出來，是我病了，我沒給你任何家的感受，是我的痛苦造成你的痛苦。天知道，我為何有這樣的自責，我竟然覺得你的憂鬱症是我造成的，就像你說過的，我的長期疼痛是你造成的。

我們是彼此的病？

你的病假延長成留職停薪，然後，你辭職了。「我們」的夢幻工作從此結束。

而僅僅只有六個月，我們居然也在漢堡想要買房子，至少尋覓住處，找到一棟完美且有壁爐又在漢堡最中心的地區，但那棟房子只有一個缺點，它的一個廁所就在房子的正中央。

那時我在某一本風水的書裡讀到的吧，房子的正中央不可以是廁所，你完全無法理解這個原因，就像你無法理解為什麼有人早餐吃粥，或者有臭豆腐這種食物。

我們離開漢堡。離開你的憂鬱症。

因為你離開家所以就病了，心理分析師的意思，你離開巴伐利亞，到了「不夠文明的北德」，因為你父母都還住在南德，所以你才病了。那我呢？巴伐利亞也不是我家啊，我從台北、台中、巴黎、西班牙、羅馬、紐約、加州、慕尼黑，一路來到漢堡，我是不是早已病了，病了很久。

所以，是你比較脆弱嗎？

還是你父母不讓你離開他們，他們有那麼多的藉口，如果你不在，他們也陷入病痛，這也是你無法忍受漢堡生活的原因，或者，你就是巴伐利亞人，你無法適應北德人的冷漠。北德人的冷漠這種字眼大約只有南德人才會使用，這種區別也只有德國人才會懂。

我們必須成為彼此的父母。是我在尋找父親？還是你在尋找母親？

剛開始，你那全心全意幾乎令我意外，你幾乎時時刻刻都在陪伴我，不陪伴我時，你便忙著照顧一切和我以及我們居住環境有關的事物。

譬如裝設雲端收發器，小耳朵，你在陽台上鑽鑿，你在椅子上釘，一不小心，幾乎跌下五樓的陽台，我驚呼起來，在那雅致空曠的庭院，那像巴黎的天空下，灰濛濛的屋頂，偶爾有鴿子走過。我聽到自己的回聲，還好嗎？你。

你毫不計較，全心付出。每天為我而忙。我們去舊金山度蜜月，你才聽我說，想去華盛頓拜訪友人，到紐約走一走，你立刻訂了一種幾乎像單程票的機票，而你怎麼會知道，我隔天就不那麼想去拜訪那人？

我們去了幾次舊金山，在希區考克的電影場景The Fairmont旅館，我們期待金門大橋的窗景，結果入住了一間只看得到對街的房間，你寫信給櫃台人員，你寫了一封很長的信向對方解釋我們在度蜜月，因此，我們得到了一間看得到金門大橋的房間，但橋在左邊有一半幾乎快看不到——如果我們正視窗戶。我們想住的房間早被人預訂一空了。

我們為什麼計較那麼多，現在我幾乎完全不計較了，覺得自己再也無法做那些事，總是在交涉旅館房間或商務艙升等的問題，最後我學會接受一切，只拿取我非要不可的東西。

我非要不可的東西？不要不可？那一定不是金門大橋橋景。

在你離開我那一年，你成為我非要不可的。

這是一種疾病。無能的愛是一種疾病。

愛過（geliebt）

這一切太美了，美得令人疲乏。——侯麥《克萊爾的膝蓋》

男人問我，你愛過他嗎？

我愛過，我告訴他，我以為我愛過你。

愛過也沒愛過。我以自己認為的方式愛過你，但是如果苛責自己，那是愛嗎？如果沒有能力以其他方式愛你，只能以自認的方式愛你，這便不能說是愛嗎？我在泥淖中打轉，在文字句子裡，在愛的泥淖中。

但感情是兩個人之間的事，有誰能真正明白我們的愛情？而任何人隨口便可以做出任何判斷。他們說的愛情故事太簡單了。

我想我是愛你的。我的愛足以回報你之前的愛，我的愛情幾乎同時在它結束之前發生，而在那之間，我完全無視它的存在。

還要再寫愛情嗎？

在你之後。

在你之後，我失去了信任。我再也無法純粹地像孩子般信任任何人，而我卻渴望能夠。

我愛過誰呢？

我父親，但是在十二歲之前。十二歲那一年，他處罰了我，我傷心了一個中午，我成為一個懦弱的孩子，一個永遠失去父愛的孩子。

我那時無非期待父愛，但你並非我的父親。

你像孩子般依偎著我，我扶起你，我沒告訴你，我希望你更像陽剛般的男人，更像我父親？一個我永遠不了解的人。

還要再說父親嗎？

十二歲那年，一襲長的洋裝，我已經開始發育的胸部，拖鞋，我走過那尷尬的十二歲。原來父愛這麼幸福，但我沒有，原來我一生在渴望我從來沒有的，父愛。父親本來應該愛我的，因為他是我第一個遇見的男人。

你和他一樣都有消瘦的肩膀。

他更孤獨更偏執。或許你漸漸也是，但不會比他更瘋狂。

我如何愛你？以你的方式？你需要我怎麼對你？其實我也一樣在問父親，我對著空氣說話。

此刻寫作的我正在父親出生之城，我感受到的是，我已經成為父親，我是他，我成為自己的父親，成為男性。我的女性內自己長出這種男性。

我感受到他當年隻身來台的孤單，他的倔強，他的無愛感，有誰愛過他？除了一個沒有他幾乎活不下去的妻子。

如果我是他，我也不要一個沒有我活不下去的女人。

我想像那個畫面，你一個人在田野上跑，一邊跑，一邊喊，「都沒有人愛我。」那天，你可能喝了一整瓶威士忌，你哥哥說。

而在你口中，你哥哥才是無愛的人。

我不要成為一個無愛的人，心裡的火種熄滅，皮膚和頭髮開始乾燥，眼神無光。我也不要成為一個不愛的人，一個沒有能力愛人的人。

爸，你在哪裡？你愛過我嗎？

僅僅只是再一次內心質詢，我已淚流，父親以他的方式愛過我，他給了我一個可以改善自我的生命。

在我的寫作生涯中，父親一直是個關鍵字。我的「中國」父親。而我的寫作便是一個解放自己的過程。一個尋找父親又唾棄父親的過程。中國，父親，男性，父權，父土，無父。弒父。

我的父親一生是個謊言，但為了存活下來，他得欺騙自己，先是為了別人，後來是為自己。

而我是那個迷失在他那一堆謊言之中的孩子。我無法分辨真實虛偽，我看不清楚自己的來歷。

有一天在夠老的時候，我竟然允許一個男人以父親的語氣對我發話。因為那個男人，我開始了解，我和你之間的問題。你太順從我。你太愛我，所以我會走。因為我習於無愛，我習於災難。

我習於十二歲那年父親的處罰。

那一天，我的世界崩潰了。我從此失去父愛，我不知道怎麼愛父親，怎麼愛其他的男人。那年夏天我和父親成為陌生人，在多年後，我仍問他：為何處罰我？

隨即之後的人生，我開始傾向災難性的對待。曾經為了贏得一個男人的愛，我願意和他發生關係，即使我自己並不樂於，但即便他要的僅僅如此，我也交換不到情感。

沒有。我一直不知道如何得到情感。我是那個默默不敢向父親表達我的情感的孩子，我看著他分著禮物給妹妹但唯獨忽略了我。我聽到他對我媽說，不必給她，那時我正在發育，我每天都餓。阿姨說我太瘦了，可能要吃一點補品，但他嚴詞拒絕，不要補品。那時，我以為他不在乎我。現在我明白，他喜歡自然攝取營養，不相信補品。

我聽到他三更半夜出門，那時母親已經因他外遇而離家出走，他必須照顧我們，我也不了解他們之中發生了什麼，媽為何做這樣的決定？但父親給我們做晚餐，要我們回房間睡覺，只要我故意熄燈，不久，他便悄悄經過我的房門，離開了家，他不知道我從來沒睡著。

你現在都幾歲了，為何一再回憶這些？為何回憶這些便淚濕雙眼？我想像有人這麼問我。我想像我的敵人，不屑地說：現在都幾歲了，只會回憶這些。

我在回憶的不只是父親，我在回想自己究竟為何如此成為一個不曾愛過的人。

但那都過去了。現在的男人問我，為什麼還戴著結婚戒指？為什麼我不肯把它取下。我從來沒在心裡把它取下？

永恆的難題。不是戒指，是我必須把你從我心裡移開。

我接受了父親式的語氣，我曾經接受這樣的對待，並且喜歡這樣的對待，我不能告訴那個男人，我不會告訴任何男人，他可以霸道，無理，他可以命令，他可以隨時缺席，他可以擁有無數的祕密，我仍然會接受，他，我只能有或沒有。他必須是父親，像父親。

還好，現在的人不會這樣對待我。

他已經成為情人。

我希望自己成為小孩。我希望。不知天高地厚。天真無邪。不要再有這麼多的責任心，而只是一個孩子。從前我是個孩子的時候，父母逼迫我當大人。

你們是這麼一對登對的戀人，你們真應該回家上床，而不是和我們在這裡瞎混。你的作家朋友對我和你開玩笑，那是二〇〇〇年新年除夕，我們一起抽雪茄，喝威士忌，說著慕尼黑老文人的笑話。

我們從來沒及時享樂，並未好好活在當下的人生。但我不會知道什麼叫及時享樂。因為我到現在還不知道活在當下的意思，活在當下，寫下這四個字時，我的情緒良好，我在聽Patti Smith，她讓我想唱歌跳舞。我想成為她。

有一天我們去博物館遇見你的前女友，她和她的數學家情人，我們四個人尷尬地打招呼。他們走過後，你自嘲地說，她這個情人也是個瘋子，她只能愛瘋子。

她這麼年輕，絕美，很純粹慕尼黑中產家庭的孩子。你為她從巴登巴登搬回慕尼黑，喪失公務員終身俸的可能，你父母非常不諒解。但你執意而為。你真的也是個瘋子。幾年後，你遇見我。

忘了是哪一年，你這位前女友突然過世了，得了急性肝炎。她的父親先是得了精神疾病，被自己的妻子送進精神病院，那個醫院實施電療，彷彿像回到電影《飛越杜鵑窩》的場景，她對母親倍感憤怒，也感到非常無助，曾找你出去聊天，之後，她自己也病死了。

我從來沒有仔細看過她，你小心翼翼從來不提起她，也不肯給我看她的照片，你刻意迴避她。

死前有一年，她打電話給你，說一定要和你見面，因為她要接受你，她要原諒你。我不太明白她為什麼一定要這麼做。

自稱是巴登巴登賭場發牌員的你，明夏，十多年之中，我呼叫此名，米夏耶，我將你的中文名字改成明夏。我喜歡呼叫你，我在任何悲傷痛苦或興奮的時刻都習慣呼叫這個名字。這個名字是保險箱的密碼，我把所有我覺得該保藏、收留及無處可放的，與靈魂有關，或僅僅只是物質生活但它又是如此攸關我們或我的生命的東西，置放在你那裡，你還擁有那把保險箱的鑰匙，只有你能打開，只有你，明夏。

這是我對人世的質疑，對你的撒嬌也許，我不記得，那個名字已經是我的問號、逗號和句點以及驚嘆號。

明夏，為什麼屋頂是棕色的？你為什麼沒和郵差說清楚，為什麼他們堅持？為什麼鄰居還不走，即便我已經告訴他們我頭痛，明夏，我騎車騎到完全離家相反的方向了，我迷路了。我不知道我在哪裡了。

明夏，我耳鳴，我再也睡不著了。

多少次，我們坐在壁爐前生火，因為德國冬天太長，太太長，我們買了一簍又一簍的木柴，一塊又一塊地燃燒，喝著紅酒，天南地北地聊，你的人生，我的人生。我們的人生。我們可能聊了太多人生。

我們認識的第一天便是開始這樣的談話。

你正在寫一本小說，一個冷酷的男孩，男人？就那樣將老婦人給殺了。你的文筆精鍊，看得出來，我看得出來，但這樣的黑色血腥，無法想像的黑暗，我無法聯想，這樣的題材是否與你的情感模式或表達有關係？

我無法殺人。我無法殺死動物，最極限就是蟑螂。

但你對待動物極其仁慈。我看過你一次又一次地拿著玻璃杯，將網羅在內的蜘蛛送到屋外。

但也不一定，你的童年養蚯蚓，因為學校要大家收集蚯蚓做生物功課，有些同學沒空去收集，你把蚯蚓切半，賣給他們。

這樣的行為又極其慘酷，讓我目瞪口呆。

但你呵護著我，為我做任何事，包括去超市買衛生棉。有任何人對我拍照，你立刻要求對方刪除，你陪著我去度假時開車到處找德國醫師，只因為西班牙醫院不開Stilnox的處方箋，而我忘了帶在身上，你可以傾城傾國只要我說。

幾乎是這樣。你成為我的司機，你成為我的翻譯祕書。你成為我的搬運工，因為我老是搬家。你一次又一次陪著我搬。你成為我的管家。

這樣寫下去，我幾乎又要重複地責備自己了。

但你不是完美的。這麼完美的丈夫，竟然可以離家又回家，分手又求和，可以在離婚時斤斤計較財產，讓新女友介入，任其挑撥，出爾反爾？

當然可以，蚯蚓確定分成兩半還可以存活。

情人

我了解完美面具下隱藏的一切
是什麼讓你成為你。——波特萊爾

在你之後，有他。以及許多他。之前，也有他。

現在這個他，是一個讓我學習愛情的情人。我們的關係像搭乘雲霄飛車。他說，我們是兩個小孩。沒錯，但總有一個要負點責任，可能是我，是我不該對他懷有多一點點的情感，他們說這是前世的姻緣，不太可能，我不相信輪迴，我只相信我想相信的人，我想相信他。

現在也只有他會和我共鳴，在你之後，誰也聽不懂我在說什麼，只有他，連我說錯字都明白，但我似乎又可以放棄他。

最早的那個男人幾乎像路人，路過我的採訪生活，毫無任何理由，只能說我生性浮誇？我讓他拉住我的手，我只略略掙脫，但我沒掙脫掉自己因任性或好奇而陷入的內心掙扎，那些掙扎與情欲並沒有關係，更多是因童年的創傷而引起的情感反射；我總是被動地接受情感。我無能主動付出。我是個無愛的孩子。

那是我的第一次外遇，我們的關係出現了第一道陰影，但他其實一點也不重要，當時，我毫無知覺，我已經忘記調情的感覺。我和你一天便成為了夫妻，很快也成為老夫老妻。

第二次是一個東歐人。我似乎也是突然愛上了他。幾個月中，我和他見面多次。其實我也不太清楚為什麼，我為何輕易地被他吸引？因為他的帥氣，他那高官生活，那異國情調，他送我那張Nino D'Angelo的Senza Giacca e Cravatta？我聽了又聽，簡直著迷之極，他幾乎長得就像年輕的D'Angelo，我年輕時代最愛的義大利歌手。我和他約會，我訪問總理和總統，我和他去了海邊，去山上古堡，我和他喝酒跳舞，我為了他專程去了多次他那無可救藥的國家。

那些經驗是我人生之必需。如果我這麼說，並不是說我和他的情感，而是因為他，我高度參與了東歐社會，而且僅僅一次就夠了，那麼深入。我和他直接走向床沿，「你的肌膚就像中國絲綢」，這些陳腔濫調，但他指引我的是東歐在全球化過程或歐盟統一之際的社會變化，他以他的個人心理和生理活動直接回答我。

我為了他寫了散文，非常抒情，他激發了我的美感和想像。但他那個人只活在政治權力遊戲裡，他可能並不自知。他在我們約會時接聽總理電話，像孩子獲贈禮物般興奮地丟下我去總理家赴約，政治像春藥，政治便是公開的性，而性，而性是私人的政治，我似乎從他那裡明瞭。

我們的交往便是一場戰事，一場科索伏戰爭。

我並不特別對戰爭有興趣，但南斯拉夫戰爭和阿爾巴尼亞難民潮把我推向了他，還有那時台灣買下了馬其頓邦交，我於是一次又一次地採訪那些國家的領袖。回想起來，他們全都是一群無能的政客，唯一例外的是保加利亞總理科托斯夫，他說，他不認為馬其頓與台灣建交能在國際上或在巴爾幹半島引起什麼效應。他說實話。

採訪馬其頓總理喬斯夫斯基時，他說，建交，台灣人應該很高興吧？是不是？彷彿是他給了天大的恩賜。那時，我常常寫日記，有一天的日記內容是，一個馬其頓人告訴我：全世界最好的米就是馬其頓米。說話的那人從來沒離開馬其頓那個小地方，當然沒去過東方。

那一整年我經常出入巴爾幹半島。而你要到中國採訪，我也不陪你去，我去科索伏或者提亞納，我似乎像出入生死，在戰火燃燒時刻，終於抵達科索伏首府普利斯丁納，我在旅館接聽你的電話：我們的生活怎麼辦？

Was ist mit unserem Leben?

我們的生活怎麼辦？我沒回答你。我不以為意。我要獨家新聞，我等他的電話，等太久，但我情願等。我住在總理府隔壁的旅館，他會和司機一起來旅館找我，我們在咖啡館戶外的露天座上聊天，他也是當地名作家，雖然英文不好，不能完整表達，但反而他說的字句更直接，語言只是交通工具而已，語言承載的是我們對彼此的想像，我來自那個瓷器或絲綢的國度，而他們曾經是毛澤東時期最親密的戰友。

我和他並不是談得特別多，但對我的想像已然足夠。

那時，我和你都迷上雪茄，而且是Montecristo no.4，我也那樣帶著雪茄在路上，但我從來沒再遇見任何抽雪茄的男人，我逐漸只和你一起抽，我逐漸又不抽了。

你去了中國四川，在都江堰，你帶著錄影機站在江石上拍長江浪濤，因石滑，你差點滑向江裡，你一瞬間就瀕臨死亡，錄音帶裡可以作證，而我不在你身邊，我在等待另一個男人。

你可能略有所知，或者，渾然不覺？我們那時到底怎麼了？

我經常搭乘聯合國運送貨物到科索伏的小貨機，來回往返科索伏、馬其頓和提亞納，我經歷巴爾幹半島的躁鬱和悶熱，不是情欲，我的情欲仍未真的覺醒，但我已把自己推向未知。有一天，我在CNN的報導中發現，那架小貨機已墜機。所幸，我不在機上。

我總是望向窗外，望向遠方，而現在呢？你問我，我們正在談話的現在呢？我的心跟著他來到了拜占庭時代建築的古堡，我們的夜遊。我成為活在遠方的人，活在未來，我不知道我們的生活就是幸福。

無疑，我喜歡你這麼問我。我們現在的生活怎麼辦？我喜歡你總是在家等我。或者充當司機接送，或者管理我們的帳單或房子。

你從來沒說什麼，我在家裡聽Nino D'Angelo，你覺得奇怪，但你也沒說話，那些義大利情歌，只因他喜歡。我的心思在他身上，我熱中於這種戲劇性的關係發展。那時，我們的婚姻便有問題了。

我不知道你內心如何想像我，不但你，他，或之前的男人，我不知道他們怎麼想像我，所謂男性的邏輯？邏輯有分男性女性嗎？我又知道女性的邏輯？

我不知道。我的邏輯無趣，乏味。如果要追求我，請使出渾身解數，讓我著迷，讓我一起走。這個邏輯導引出的行為非常自私，我幾乎從頭到尾都是這種行為模式，我錯了。感情不該是一紙在職或在學證書，而我只要到證書，便失去興趣。

我們不該那麼快結婚的，我們應該先談談戀愛。

學生時代在巴黎，巴黎人都叫我姑娘（Mademoiselle），但很快地，因我的孤單和悲戚的神情，看起來非常嚴肅，他們改稱我女士（Madame），我就那樣被稱女士很多年，大約也是一半的青春時光。多年後，如果有人因看不清楚而誤稱我姑娘，我都當成讚美。

一次搭乘火車，我還沒搞清楚怎麼買月票時，有一天因趕時間而無票上車，但途中查票員來查票，我坦誠相告。那位查票員叫我等他，他去巡行一會，然後火車已到站了，他來找我，叫我跟他走。

我以為他要帶我到火車站的辦公室，要開罰單給我。我們走了好久，沒說話，都走出車站了，他不說話，我也不說，他一直走，我們走到一家咖啡館前，他終於問我，可以請我喝咖啡嗎？我笑了，我說，如果我不喝呢？我可以走了吧？他說，可以，你早就可以走了，但我希望你接受我請你喝咖啡。

我接受了他的邀請。我們坐在巴黎北站的一家咖啡館內，我喝草茶，他喝咖啡。他開始說話，原來，他不是要開罰單，他要告訴我，我便是他多年來在尋找的那個人。他喜歡像我這樣的人。

像我這樣的人？

婚後多年，他也來慕尼黑小住，但你歡迎，至少你從沒表示不歡迎，他住在我們樓下的工作室，你至少願意讓他住，那是你的活動空間，你竟然答應讓他使用你的電腦。

他是舊情人。算吧，在你之前，我想我不曾愛過他，我和他在一起幾個月，那時我其實與另一個男人交往，與那個男子問題重重，幾度分手。我的生活莫名沉重，我認識他後，經常和他見面，他是當時最能了解我創作思想的人，但說不上來是寂寞還是真的喜歡他，我並不那麼全心全意，但卻又常責怪他花時間與別的女人說話。

他比我年輕，缺乏真實的感情經驗，那時還不是一個有見識的人，喜歡創作，喜歡我的奇思異想，包括那時我熱中的戲劇；我們一次又一次討論各種想法，我們親近但也爭執。

他曾到巴黎來找我，我卻在夜晚的路上和他吵架，嫌棄他不經人事，我對他的樂觀感到不解，那是他的啟蒙之旅，而我已感到疲憊，我需要一個比我更強大的人，一個讓我離開巴黎的人。

如果可以，夜車到里斯本。

從頭到尾，我都很堅決，我沒好氣，乃至於我們後來約在漢堡見面，我從慕尼黑出發而他從布拉格，我搭火車一路北上，我竟然到了漢堡站不下車，直接到韓斯堡，因為那裡有個朋友也在等我。

我跟他通信了很多年。逐漸成為知己，我們了解彼此的想法，他在布拉格進入重要的人生學習，我開始進入婚姻和家居生活，從紐約到巴黎到柏林，我進入了新聞行業，有好多年，我白天做新聞報導，晚上寫小說。

他幾度來慕尼黑拜訪。我們在路上手牽手地交談走路，也無不妥，畢竟曾經親密過，一切都那麼熟稔，他挽著我的手，他喜歡對著我笑。

我們逛街時，我看上了瓷器，因為那時我以瓷器為題寫小說，對瓷器很有興趣，我和他買下了一整套名牌瓷具，居然沒問你，沒徵詢你的意見，而瓷具買回來是為了和你一起使用。我太無心了。我不用心。

我對你太過殘忍，而你只說一句：為什麼不先問我一聲？

我們一起去聖山安迭許（Kloster Andechs），我們常去，教堂主教和你很熟，你當影子作家為他寫了一本書，神父是喝酒吃肉的神父，修道院裡還有撞球間。神父說，為了取悅神，沒有什麼不可以，這種說法和密宗馬洛巴的說法有點雷同，什麼都可以，只要不執著。這位神父風流倜儻，開著保時捷，為什麼不？但我不贊成你再為他寫書。

我反對你為他寫的原因，其實我是希望你離開影子作家的工作，能自己寫自己的書。跟他不一定有關。

在你離開史坦伯格湖後，我一個人曾在我們的「理想之屋」裡踱步、發呆、苦思，於是我鼓起勇氣打了電話給神父，他當然和我交談很久，但他完全沒想法，他怎麼會有想法，我們的世俗生活？這男女之間的情感？我太難為他了。我無法取悅神，我真的無法，如果有神，為什麼讓這件事發生，是的，我不想再懷疑，但這件事為什麼發生？這意味什麼？我該經歷這樣的事？為什麼之前沒人告訴我？或者我太愚蠢，遲鈍，事情發生時毫無所知？神讓我經歷這些是為什麼？

神為什麼讓納粹屠殺四百萬以上的猶太人？或者讓九一一焚燒雙子星大樓？

神父不可能知道，我到如今也不甚明瞭。但我對生命並未完全失去信心，我只是失去部分信心，對人的信任，我不再盲目相信美好的愛情。

沒有。沒有美好的愛情。即便有過，我都能摧毀，或許，我不能忍受美好的愛情，我不能忍受愛情的生老病死，愛情的週期，愛情的殘忍法則。

愛情課

幸福就是去愛，沒有別的，誰能愛，誰就幸福。——赫塞

我十八歲那年讀齊克果的《誘惑者日記》後有一種震驚，對誘惑這件事感到殘忍。誘惑和被誘惑，究竟何者殘忍，他問。

誘惑之美是殘忍的，因為它的美只能存在於最純粹的狀態，若即若離，似有若無，欲語還休，然後不明就裡便發生了，短暫不能持久。

這位是外語作家，在你之後，我被這樣的異性交談吸引。他是一名博學多聞、經歷豐富的男人，他和你不同，你一直有一種冷酷少年的行事作風，他像男人，雖然年紀不大，但已經開始像老男人。

他像長者般教育我。而你更像朋友般和我交換意見。

長者不容反駁，如果剛好有什麼他不知道的事，為了確定他一切知悉，他的血壓升高，語氣加快，他必須做一個強者，獨立的人，因為母親在他很小時也拋棄他，將他送到寄宿學校，從此，他成為沒有母愛的人，他一生也曾因為沒有母愛而受苦，他也曾因此不明瞭女人之心。

我問作家，「你和女性的關係是不是很複雜？」因為他告訴我，剛剛才有一名女子為他自殺未遂，為此，他自責頗深，還去看心理醫生。

作家回答：誰和女性的關係不複雜？

他總是伶牙俐齒，這一點和你很像。但你依順我的意思，除非你真的受不了，否則你不會冷言冷語。你對我曾經最大的指責是說我是納粹。

好吧，我是納粹，因為我凡事要求，太多細節，你極難一一遵守。你是德國人，習慣吃米飯先倒醬油，我不理解原因何在，阻止你好多次，但你從來不聽。我是納粹而不自知。

但我和他的關係不那麼密切，他的事業心太重，當他用心思去做他的事業時，我感覺他像陌生人。當他躺在我床上睡著時，我看著他，也覺得是陌生人。

既遙遠、陌生，但他出現時，我們又很親近。他從來不依順我，他是主導我們關係的人，他在挑逗我，而你不是，你已經得到我，你從來不再挑逗，你也不需要挑逗。我們的愛情開始太快，也結束太快，之後，是很親密的友情。十多年的家人關係。

現在我才明白，當時我們不知道。

最後一次，我陪你去台灣做葬禮調查，你想寫一本有關死亡之書。其實你想寫一本我們愛情的死亡，而你當時並不自知。我也不自知。往事轉眼如煙，和你在一起的記憶也將要消失，因為這些往事都只存在我的腦海中，如今我記憶力衰退，我忘記太多不該忘記的事，如果我就是忘記了，你還記得什麼？

你如何記憶我？我如何存在你的記憶之中？我永遠不會知悉。我只記得我能記得的，我只記得我想要記得的。不管我記得的是不是事實。我不那麼愛他吧，雖然我和他也有著深刻的關係，但那更像兩個孤單的靈魂相遇，我們從未在一起生活，也無法在一起生活。但並不是刻骨銘心那種。我和他喝著啤酒，好幾瓶。然後告別了回憶。

你則不同。你是我的生活供應者，你提供所有我現實生活種種必需，你滋養我，你照顧我。你是我母親。但你也常常這麼說，來，讓大叔來處理。

你很想扮演那樣的角色，但我一次又一次地打擊你。在你失業的那一年，我常問你，米夏耶，你沒有工作怎麼辦？你就是無法和一個沒有職業的人在一起？你問，是呀，我說。我那時仍帶著傳統的想法，希望以夫為貴。但你在寫作，你已經是作家了，為什麼一定要有什麼職業？

何況，我們是過那樣的生活，花園洋房，地下室可以收留一家子難民，冬天每天清晨七時必須去門口鏟雪，否則別人在你家滑倒是你的錯。有壁爐，布爾托（Bulthaup）的廚房，最好的車子，我們開著捷豹車，別人都覺得奇怪，我們開著那樣的車子載別人回家，你多次去機場接送我，我們在湖濱去真正有錢人家裡小坐，回家決定要買一樣的餐桌椅，一模一樣的，我們想過過那種「真正」有錢人的生活，儘管只是餐桌椅。但那餐桌沒用多久，你便坐在桌前一端告訴我：我無法坐在那一頭。因為太陽總是照向你，你不想再曬那麼多陽光。

而你之前一直坐在那個位置上，你從來沒說過這樣的話。所以之前你都在忍受？或者那天你突然發現你身上有那麼多陽光？

那一天你離開我們住過最高級的「別墅」，那些富人周末才來住的房子，因為我們無法負擔兩個房子，所以就直接住在那裡。你決定離開房子，你走向停車棚，我請你不要，但你移步向前，米夏耶，你不能這樣就走。但你走了。

我一個人不知在這湖濱小屋住了多久？一世紀，如果你愛我十五年，那我就必須用十五年的時間忘記你，像一種頑固的病，需要那麼長的時間才可以療癒。或者永難治癒，因為是痼疾。

有一個摯友知道我和你分手後只有冷笑。

失去摯友是應該的，但失去你不應該。

現在這位我似乎愛上的人問得非常直接徹底：你這一生到底愛過誰？

我不敢回答。

如果我說我愛過你呢？

我一直學著巴伐利亞人說方言，我喜歡你（ich mog di），但我沒說我愛你（ich liebe dich），或者我不知不覺說過，我沒注意，我們不常說這個字。你都是用行動表達，你做了所有的事，為了你自己，也為了我，你買最貴的鋼筆，那時流行的filofax，手機，iPod，你買房子，買車子，你為我搬家，搬了無數次的家，都是你在搬，我那些成堆不看的書，我一本又一本航空運來或者海運寄來的書，我從台灣鶯歌運來的魚缸，家具，櫃子，我的書桌，我的另一個書桌……

你這樣搬，像搬著你身上的殼，像搬著你的包袱，你搬到一摸到紙箱便害怕，是誰要你一定要這麼搬來搬去？你的人生？

你用行動告訴我，你愛我。

有一天，你回來，就睡在客廳的沙發上，你病了。我去幫你買藥，在這一生中，我曾經這麼幫你買過兩次成藥。也看過你重病。心病。憂鬱症。那藥吃了發胖。我看著你突然發胖。感冒藥是走了好幾條街，經過山坡上那群安靜只是偶爾移動發出銅鈴聲的乳牛。很好，你回來，很好，我替你買藥。

在湖邊只有車輛經過的小山路，有人停車問我是否該載我一程？我執意走路。我忖量，失去你的世界會是什麼樣子？在那我看來是人間絕美的地方，巴伐利亞的史坦伯格湖，當初也是我執意要搬來，離開城市，離開老城市場和朋友，我們搬到一個絕美的地方，那只有巴伐利亞才有的藍光和大地，有一點太過美好。

美，很好，但太美了，就不好。

我們也那麼談過好多次，我們說好要重新開始。重新開始太難了。我們失去了純真，我開始在乎你，我或許太在乎了，而原來並不是如此，原來我漫不經心，或許那才是你為何對我如此傾心？一旦我太在乎你了，你也不習慣？

人性成為一門功課。一個友人給我上課，上了許多功課，她說，我不能讓你知道我在想什麼，我必須以柔克剛，我必須做這麼多我從來不做且想都沒想過的事。

她的課程艱難，我也沒上好。

即使是愛情課。

現在我和他一樣重修學分。我似乎總是在想怎麼回答他的問話，比以前更用心，以前我從來沒回答你的情書，我沒有你們那樣的好文筆，你的德語，他的英語，我怎麼寫得過你們？你的情書，一封又一封，大部分都是傳真機傳來的，字跡隨著時間轉淡，模糊，就像我們的愛？

我遲於回答。不回答也是一種回答。

你究竟是否愛過？

你愛過誰？

啊，你！（ach, du!）普拉絲（Syvia Plath）的那首詩〈父親〉（Daddy）！

我是那個十二歲以前非常愛父親的人，就像普拉絲，或者我另一個朋友琵拉，她也一樣，十二歲生日那一天她整天整夜都在等父親回家祝她生日快樂，父親夜半才回來，她奔向門口的父親，但父親當時只嫌棄地把她推開，脫掉大衣，放下公事包，並且說：不要吵我。

從此，她比我更不幸福。她一生都在尋找一個愛她的人，她愛的男人不是賭徒，否則就常常上妓女戶，現在她一個人住在澳洲的農場，養了許多動物，這是琵拉的愛情。

至少，那些年，我從來不必擔心我身邊的男人不愛我。

但與他的愛情課，課程艱難，我幾乎修不下去，那些題目過於高深，考驗我的智慧。於是，我如此懷念那一加一等於二的日子。在你之後，我不知道我是否能從與他的愛情課裡真的明白愛情？或者我只是想知道愛情是什麼？他愛我嗎？

更重要的是，我是否愛他？

愛是殿堂，如今好像不輕易允許我進入，我帶著輕視的眼光，或者，在我們分手後，我從此不敢再自行前往，我逐漸失去信心。

我又回到童年的我，那時的我覺得自己不值得任何人愛。

你總是需要愛情。你一定會飛蛾撲火，又有一個男人這麼告訴我。他何以會這麼說？這是他的直覺？或者是他的試探？我真的不是一個沒有愛情就活不下去的人。但我也不會出家。

大部分的男人不像你。他也不像你。

我能對他說什麼？在你面前不會，在他面前我會害羞，之前，我靠近他的身體，很不容易，我吩咐我的大腦，我勉強接受了他的吻。

但我也退縮，在黑暗中我面對了黑暗，逐漸又退縮到自我的世界，很長時間的發呆，反覆對某個交往細節的思索。我怎麼知道那是不是輕佻，或者只是情人間無意間的錯失，但他如果用心，可能就不會出那種差錯？愛情有必要這麼嚴肅嗎？

誰上了心，誰就倒楣。但不上心的愛情，哪裡是愛情？我就應該假裝不上心，即便我已經是？

那是遊戲嗎？還是愛情的本質就是如此？不是你等待，而是讓另一方等待。等待者才擁有愛情。

等待就是愛情。羅蘭・巴特（Roland Barthes）便是一個等待者，無論他如何延遲、故意，他仍然是等待者。

和現在的他，我也是等待者。我常常質疑這種等待，但和你從未有過這種等待，只在我們情變之後。

我怎麼知道他不是在玩弄感情？我反覆推敲，不是，他不是，他沒時間和必要玩弄一個女人的心。這是我的主觀想法，或許，他獨獨對玩弄我的心感到興趣。

妳是藝術家，妳真的是，他說。

這是讚美還是挖苦呢？

讓我們一起去硯城吧？現在，當下，此刻。

讓我們在硯城陷入愛情，他說。讓我們在硯城寫一個劇本。

我想起法國情人，我第一個情人。我和他一起去看《廣島之戀》，那一年我二十二歲，開始學法語，驚愕於莒哈絲的造句，那麼直接、簡潔、女性。

那時的法國情人比我年長太多，已婚人士，語言學教授，也是作家，他和他相似之處是，他們都是我的教育者，我們寫了兩年的情書。他們都是白人，帶著對亞洲的好感及某種根深蒂固的白人種族優越感。

是他讓我從一個小女孩變成一個女人。

你知道這就叫作愛情？法國情人撫摸著我的身體，是嗎？這就是愛情，我的第一次。

我為了他去了巴黎。還是為了我自己？其實二者皆是。但我去了巴黎很快便和他分手了。

多年後，法國情人突然離婚了，理由不是我。他去聖塔芭芭拉當交換教授，他的妻子感染了所謂加州憂鬱，這是他的說法，他一個人搬到十四區蒙巴納斯那棟大樓。

那是多年後，在你之前，我仍與他交往，但關係複雜，帶著某種變質的形式，我常去教授的公寓，房間有壁爐，非常寬敞，樓下是Hotel Maritim，客廳和書房四處都是書，而且著名大作家M.B便住在隔鄰。我們一起去拜訪，晚餐，大作家和莒哈絲是同齡好友，他們一起嘗試超現實寫作，他一直仍然那樣寫，那是九〇年代初，就在我認識你前，那時的我對超現實的寫作已不感興趣。

法國情人對我二度回頭沒有心理準備，他靜待其變，不置可否。我於是又回到前男友身邊，從台北到巴黎又到慕尼黑，我總是在長途電話上，不然就在飛機上。前男友住在慕尼黑啤酒節（Theresienwiese）附近的大樓，單人公寓，他擁有最好的音響，常常練聲樂，房子面對的是慕尼黑城，我從巴黎搬到慕尼黑，和他擠在一起住，一起聽舒伯特的《冬之旅》，而且是費雪狄斯考的版本，因為彼時他是費雪狄斯考的學生，他整天都只想成為男中音，他去上聲樂課，也去上身體表達課，聲樂不是問題，因為他的聲音太好，但身體及情緒表達有問題，這是他的人生功課，他無法成為聲樂家，最多是當合唱隊的一員，他最終回去學術界發展，他不是藝術家。

看似我無法離開他，其實他也沒法真的離開我，我們如此分合八年之久。就在這個時候，我認識了你，這些經驗讓我在認識你之後，一天就可以和你結婚。

那些年我和他擠在一間小公寓，又搬到一棟大公寓，公寓是大理石地板，四周都是落地窗，有一面正對著醫院，偶爾有直升機直接降落在醫院頂樓，我總是會到那一面窗前注視直升機，我看得到他們的臉，但我看不到病人，下降後，醫護人員便直接在頂樓將病床上的病人運走。我總是想像什麼樣的病人？為什麼病了？

和他在一起，我並不快樂，他照顧他的鳥似乎多過我，他的鸚鵡總是說德語，我愛你，有時連說三次。他開車送我時，更希望鸚鵡的籠子可以置放前座，我嚴重抗議不要同行了，他才讓步，我在他心裡的位置不明，時高時低。

我也和法國情人在他的公寓共處，他想和我上床，但我不再想，我躺在他身邊，等他入睡後，自己悄悄移身去客廳的沙發，我無法忍受他房間裡的味道，那充滿欲望的床單氣味，我必須一個人睡，教授非常生氣，他杯葛我論文的進行。

在他和他之間，都是有缺陷的戀情，我在兩人之間擺盪，也許，我更想和前男友在一起，但是他沒有決心，使我很為難。

你覺得性生活在愛情關係裡重要嗎？他問。

我現在才知道我從前低估了它的重要性，我說。

那現在呢？我們談話的現在呢？你更喜歡思維被誘惑還是身體？

他設下陷阱，他很早就知道這樣的布局，在認識之後寫了很多信，尤其在情人節。

除了你，沒有人在情人節寫信給我，至少我不記得，我不想愛一個結過婚的男人，但「我已結過很多婚」，他說。我為什麼要在乎他是否結了婚？

我明明無法和他共度一宵，一個晚上都不行，真的不行，我只能走，半夜三點，在中山北路，在里奧波德街，在克萊姆街，一個人騎著自行車，一個人走，我沒辦法留在他的旅館房間，我也沒辦法和他隔天一起去曼谷。

他說，你閉上眼睛，我什麼也不會做，真的，他說得像孩子，好像我們都只有十歲。但那時我是十歲的男孩，我無法就躺在那裡什麼也不做。何況他也是十歲的女孩，他撫摸我，是溫柔的撫摸。他像女孩。童年時，他的母親背叛他父親，與別的男人私奔，他的母親也欺瞞過他，他從此也不相信女人。會不會和我有點像，是相反的結果，我也不相信男人。

但我不能繼續，我羞於自己的身體，心理專家可能是對的，我被性侵的經驗可能使我對性生活有障礙，我也不是很確定。

你是我永遠的處女。你的名言，我該裱框起來，像我寫過的書法，寒山寫的詩，我模仿書法老師的草書，我也把它裱了起來，我從前讀中文系，那些年我什麼也沒學到，什麼也沒做，就寫了這張書法。有路不通世，無心孰可攀，石床孤夜坐，圓月上寒山。

我永遠記得那一夜。在柏林，赫爾曼廣場（Hermann Platz）的一家小旅館，我們的第一次，我們從那一夜後再也沒分開過彼此，事後叫了外送的披薩，我們躺在床上吃披薩，我們想搬來柏林，我們去東柏林的無憂宮（Sans Souci），我們搭乘火車，你坐在月台上等，我站著等，你把你的皮衣脫下，鋪在月台上，你邀請我，像一場盛宴，像一次完美的野餐。

但現在是他。

在你之後，我遇見了他。

我怎樣會不愛你，他問我三次，為什麼我和你會分手？

我要寫一本書來說明。

分手後，我仍然去赫爾曼廣場，那是赫爾曼（Judith Hermann）的小說場景，我喜歡她那本短篇小說集《夏之屋，再說吧》，那時柏林的天空是灰的，人們的眼神充滿哀傷，但那些年，你愛我，愛得如此瘋狂，從此我什麼都不怕。

我不必再怕德國的冬天，我不必再怕前男友一個人回父母家，或者聽從父母建議就悔婚，我不必怕而且再也不怕了。

因為你的愛。你的愛太強大。強大到我可以開始過任何生活。雖然這或許也是假相。

他和你不一樣，他琢磨著，無法決定，似乎不敢做承諾，但他又要愛情。大多數男人都是獵人，當獵物到手，當獵物到手後，便是下一個獵物。他們要把獵物當成寵物。他們也帶著某種養寵物的心情。

我不想成為男人的寵物，我不行。我知道他們要一個等待他們的情婦，而我沒有那樣的耐心。我要一個人的心，有或沒有。

一個朋友說，我該像海明威的妻子一樣擁有三個情人。她說，我該像卡繆的情人卡薩亞斯一樣，當卡繆是唐璜時，她就是女唐璜。

如果沒有丈夫和孩子，她說，她會同時擁有三個情人，她更喜歡那樣的生活。「你可以玩弄男人的心，男人的心太容易操作」，她說一用幾近蓋章保證的語氣，只是我無法這麼做。

我身邊的更多女友都過著謙卑的生活，因為她們覺得她們再也不值得愛，除了笑容真切，其他都受到地心引力的影響，嚴重下垂，影響信心，她們說她們已經放棄了。

我才驚覺，原來我的內在一直是個小男孩。我真的是。我是那個愛幻想的十歲男孩，我仍然在等待老天掉下來給我的禮物。

可悲？我一直這麼活著，仍然常常在聽情歌。

後來，你又回來了，在慕尼黑舊城中心菜市場，我們又回去喝小麥草汁，你突然又說「沒有你真的不行」，你讓我聽那首強尼・凱許的歌。〈One〉。

Have you come here for forgiveness?
Have you come to raise the dead?

我的心受了衝擊，就像看牙醫，麻藥退了，又痛了。

我們一向聽著相同的歌。

我們認識時是聽著柯恩的歌，尤其那首〈等待奇蹟〉。我們的認識便是奇蹟。但每一個情人一定都覺得他們的認識是奇蹟。我出現在你生命中，這麼平常的一個南德冬天的下午，僅僅一眼，命運便從此改變。

我是埃及女王，我說，我隨口說，但你讓我當上女王，一個傷痕累累、容易疲倦、生病的女王，動輒發怒，尤其是對自己生氣的女王。我的王國裡只有你。

那是在伊斯坦堡的旅館，望出去便是海峽，白天我採訪庫德族異議作家，並且去了總理辦公室，晚上在旅館房間寫報導，你把聲量轉低，正在看足球，拜仁慕尼黑（Bayern München）。

那時我突然對一個憂鬱症者很感興趣，我關心他，也許只是關心朋友那樣，但往返信件太多，我似乎開始等待他的電子郵件。

你是無辜的，我也是。我陷入文字的魔障，其實我並不認識這位男士，我也沒打算與他有進一步的交往，但為什麼在那些往返文字裡投入了情感？

那段關係戛然而止，因為我自己也覺得古怪。我和你及一些朋友去了希特勒的鷹堡，大熱天，我們在鷹堡上喝啤酒，我中暑了，我再也站不住了，我昏倒了，就在這一天，我終止了和那人的通信。

我自己都不明白我自己。但任何人可以對我一無所知，但卻置我於死地般地做下評語。人們可以完全不去閱讀我的文字，只因在別人的傳聞中便認定我是一個無能的作者。

我以為我畢生追求的是真相。我以為很多人都在追求真相，或許吧，但沒有人願意誠實。正如那個巴爾幹情人：我對全世界都誠實，只有對自己不誠實。

我學會用字措詞謹慎些，相對於那些年的激進和憤世嫉俗，現在我說，寫作太難，所以，我不再隨便批評別人寫得不好。只是品味不同。我不再強烈表態，因為我一樣希望別人不要武斷地評論我的作品。

或許，只有神可以評論我。

就是這位男人問我：你和你丈夫仍有性生活嗎？

他是在電話上問，他問的當然是個問題，一針見血。但我掛了電話，我把它視為一個粗魯的挑釁，我不做回答。

關於人言可畏，關於人云亦云。關於不同的道德觀念。一個朋友說，你的道德規範過於寬廣。也許過於寬廣，形同虛設。

後來我與那人有一面之緣，我們在一家酒吧見了面，原來他是這樣真實的一個人，我完全沒想過。我真的退縮了，我不想與他有任何往來，不是他，是我對自己感到羞恥。

在街頭黯淡的燈光下，他拉住我的手，我收回了。我得快一點離開，本來，我也沒期待見面，何況這個關係在那年夏天就結束了。

他成為一個曾經以中文寫情書給我的人。

你不能問一個男人是不是愛你。你只要感覺他愛或不愛。

更早，在你之前，也有一個《朝日新聞》的倫敦通訊員，他對我一見鍾情，但我沒看出來，他專程為我來了慕尼黑，為我住進最靠近我住處的旅館。

我們在倫敦、東京又見面了二次，三次，我都願意走進他的旅館房間，但就只僅僅喝了幾口他的威士忌，我喜歡他說的話，但無法走上床。我對性沒那麼大的興趣，這是老天給我的天性，還是後天的障礙？

我那時問他：你怎麼知道你愛我？他說，你不能問，男人的愛很直接，你問了那樣的問題，男人便開始認真去想，想一想後，也許沒那麼愛了。

我可能更喜歡這個人對愛情的描述，幾年後，我們在東京又見了面，他吻了我，想走下一步，但我仍沒反應，他也就止了步，我在我的回憶裡喜歡這個人。

那時，我和你已分手，我一個人去日本參加文學館的活動，我期待的活動，和太宰治的女兒津島佑子女士對談，太宰治的女兒穿著談吐非常優雅，說了許多我很感興趣的事情，她說，會寫作的女人都是女性主義者，因為不是有話要說，不會去寫作。

我才發現我那麼欣賞她。

對談結束，我搭火車回東京。在火車上，我坐在一個男孩旁邊，他一路在瀏覽手機，快到東京時，因為不小心的身體碰觸，他向我道歉，我們開始交談，下車前他問了我的名字，我給了他電子郵箱。

我們又見面了幾次。但這全出於他的努力，他到了台北、慕尼黑、柏林又到了奧德邊境。

他是個大男孩，個子不高，單眼皮，像日本人的長相，他來台北，什麼也沒說，只過兩天一夜，他來看我導演的戲，跟大家一起慶功宴，他什麼話也沒說，就只是跟在我身邊。

他曾在舊金山念過藝術管理，也在東京藝術公司擔任藝術經理人的工作。是個有為的年輕人。

我們在酒吧聊到深夜。因為他的英文不夠流暢，我只能揣測他的意思，父親在他很小時過世了，他一直不知道母親的悲慟，他稍微年長後，有一天回家，看到母親一個人在房間裡慟哭，但他不敢上前安慰，他只在房間外靜靜地等著。母親並不知道。生活也就繼續。

我們也就這麼聊到深夜。

他也不表達什麼。他只看著我。最後一次是到阿爾卑斯山，我去參加一個佛學禪修營，在一個小鎮，火車一天才經過一次，他從布魯塞爾經慕尼黑，一定非得來找我。

在那樣一個偏僻的山城小鎮，我倆仍然無話可說，在鎮上小路閒逛，幾條路一下子就走完了，他故意趕不上那班回返慕尼黑的班車。我們站在荒涼、無人的山區火車站。

他只能在小鎮過夜，但小鎮旅館全客滿，因此只能在我的旅館房間停留，我們那樣認識了兩年，從來沒有聯絡，他會突然來郵件說他在附近，我從來沒邀請他，但他每次都說只想見一面。

那一晚，我們只能躺在同一張床上。我已經快睡著了，但他撫摸我的背，已經半夜一點半，好吧，我告訴自己，那就開始吧，我脫了襯衫，他也脫了衣褲，雖然我內心下了決定，但他不該起身去了浴室，我看到他的裸體，僅僅那一分鐘，我便知道不能。我不能，我真的不能。

他搭清晨六點的火車離開，從此，真的離開，再過三年，我又去了東京，也是參加文學研討會，我們見了面，他靦腆地告訴我，他要結婚了。

在你之後，我總是談著不對勁的感情，那時是和一位墨西哥人。在東京新宿御苑，我和即將結婚的日本男孩賞著櫻花，我陷入悲傷，我對他說，失去你，（你，不是別人），我不知何去何從，他安慰我，他說，用他那不道地的英文：有一種海底生物，只在最深及最黑暗的海底才會發光。這與我有什麼關係？我在心裡記下他那奇怪的英文，他擁抱了我，告別，這一次是真的告別，之後，我再也沒他的消息。

我一個人過著每天寫作的日子。

先是和一個在臉書留話給我的男子寫字，他陪伴了我一小段孤單的生活。我搬到柏林，每天在小區的三四間咖啡館遊走寫作，又在寫一本小說。我和那個男人從來沒見過面。通信關係不了了之。

或許我對墨西哥人更感興趣，我對他那拉丁式的大男人示愛方式感到有趣，他是感官的，帶著他們才有的慵懶或盲目矯情，凡事又有一種任意的自然，他覺得我為他做的一切都是應該的，令人難以接受的民族特性。

一個不值得我去愛的男人，但也要等交往一整年後才覺醒，在過程中感受很掙扎，我成為一個容易嫉妒的女人，我成為一個我最不想成為的女人。我的女性受到質疑。

這個故事的結局我寫給他看。二個字：The end。這二個英文字寫得非常緩慢，紙條丟向他，也起身把他的行李丟出門外，我惡言相向，已到任何人都會覺得難堪屈辱的地步。

在你之後，我希望和另一個人共同生活，不管是不是小我二十歲，不管是什麼文化什麼背景，不管是醫學院念了十年也念不完，連謀生都有點困難，連自己都不知道自己要什麼的男人。

只因為他似乎也愛過我。

那些時日，我和他坐在一家又一家的餐廳，我們一起吃飯看電影，在家裡躺在床上看一部又一部的錄影帶，叫外賣食物，也躺在床上吃。

我試著想做一個跟他一樣的人，無用，慵懶。但我做不到，我反過來要求他做一個有用的人。

我欺騙自己：他將會完成醫學院的學業，成為醫生，雖然他現在不是，他需要一些時間。是他先騙他自己，為了和他在一起，我逐漸也騙了自己。

但如果他永遠畢不了業，不是醫生，其實我也無所謂，只要他肯認真過一種生活，不然，他飄浮不定，常常惹我疑神疑鬼，他激發了我無比的負面懷疑，我的懷疑幾乎毀了我的健康。

我離開我的工作，才一年，我便得了蕁麻疹，消化性潰瘍，我大約瘦了十公斤，我的衣服全變得太大，生活也變得太困難，理想太遠。

所有的煩惱都是自尋的，但我在自己的世界裡，就是走不出來。一念之間，但，這一念和下一念，距離好遠。我和他的爭吵不斷，大部分的爭吵內容毫無意義。譬如他愛過一個妓女，即便在我之前，我仍然嫉妒，不喜歡他描述的方式，幾次為此爭吵。

他會在我們爭吵之後，一個人出去，坐在樓梯間發呆，我沒辦法趕他走，我也沒辦法要他回來，他經常一個人坐在樓梯間很久。

我放棄了，我必須放棄，我無法做他的朋友，他也無法成為我的情人，這是一場騙局，我的自我欺騙。我們通訊半年，在機場見面，已經有一點不祥的預感，然後，一件事又一件事讓我失去信心。沒有人應該讓別人把你當成普通人那樣對待，我不知道他有什麼問題？為什麼不能獨立？

這是個瘋狂的故事，無關愛情？不，仍然是愛情，但是一種難以忍受的愛情，我們性格上的缺陷全在這段關係中被烘托、放大，我以前並不這樣，他激發了所有我的負面能量，但他也激發我的靈感，我的想像，我曾經對生活有那樣奇怪的想像，但無法寫成小說，這無非是一個通俗的愛情故事，如果將這一段記憶刪去，我的生命會少了什麼？

可能就少了那一小塊拉丁色彩。

而在他之前，我的色彩偏黃、紅，以及黑，就像德國國旗。

而在德國之前，我的感受是紅、白、藍，就像法國國旗，也像奇士勞斯基的那三部電影。

現在這個男人說，我們同時都有殘酷和溫柔之處，那就是生命，我們也常在這兩個極端中悟出了微妙的差別（nuance）。

這就是藝術。

他和那些我在生命中遭遇的男人，帶給我生命不同反思的角度。如今，我對任何人都不帶怨尤之心，對他沒有，對你也沒有。

因為我隨時可以轉換書寫，認識不同的男人，過不同的人生。

我開始回想我的人生情感片段。有太多奇怪的遭遇，大部分的人只在我的回憶裡留下乏味的印象，他們讓我知道你的唯一。

你的獨特和才華，你的愛。

Me, Too.

是我年輕時代的事情。

珍珠項鍊被刀子割斷，我永生記得，刀子在我背頸上的冷冰，那一顆一顆的珍珠掉在大理石地板上的聲響和畫面，巴黎十六區的豪宅公寓大樓，他保持距離地尾隨我，那男子瘦弱，明顯像一個永遠得不到性的人，就像有些窮人總是得不到他們要的錢，因此必須鋌而走險，他挑上了我。性無能的他，只消一秒便在我口裡留下精液。那一夜他讓我嘔吐，我不但無法入睡，且不斷地刷牙、漱口，寫下的此刻，我的眼淚終於流下，之前我從來沒哭過，那時我二十三歲，我一個人住在巴黎，我去看婦科醫生（其實我知道不需要），去看心理醫生，很多次。

事後三天去找一個我信任的男生，他泡茶給我喝，他聽完了我的敘說，在我走之前，也想和我上床，他說，你不是因為要和我上床才來找我嗎？好大的誤會，我說，我只是很需要和人說話，但他不這麼認為，他也帶著責備的語氣。

他是一個菁英學校的高材生，一表人才，談吐不俗，但他在精神上也施暴了我，侮辱了我。我從來沒想到他是這麼打量我，原來如此。

第二次是在西班牙，往巴塞隆納的路上，我生平第一次搭便車，便被一個看起來非常友善的男人性侵，他直接把車子開上山，我無處可逃，決定放棄反抗，因為我不知道他會不會殺了我。

寫作的此刻我再度流著淚。那一年我的遭遇都很相像，似乎像遇見人生惡劫，到底我做錯什麼，因為我盲目無知，天真大膽？

他一樣責備我，他一樣覺得是我勾引他，我錢包掉在他車上，只能搭便車，我等了好久，我選了一輛農耕車，農耕車主人完全不說外語，我一直重複說police這個字，他似乎了解了，沿路我們沒再說話。我去警察局不是為了報案，而是需要協助，狼狽地和一群警察解釋，他們找出一位會說法語的警員，他也聽懂，我的錢包掉了，只剩一張隔天返回巴黎的機票。

隨後半夜的警察不是也這樣以為？他們覺得我到警察局是為什麼？

警員們決定讓我在警局休息室過夜，讓我第二天去搭返回巴黎的飛機。真是感謝老天，我終於可以休息。而且我在警察局，全世界最安全的地方。沒想到，半夜，我反鎖的門也被打開了，那位說法語的警員竟然也脫掉襯衫走向我。

我完全崩潰了。我發出尖叫。他先是上前堵住我的嘴，等我稍稍安靜下來，他立刻走了。

我不該穿迷你裙，不應該夜晚一個人走在巴黎十六區，我不該搭便車，我不該去和一個我喜歡的男生說這些，我不該去警察局？

為什麼我記住所有的細節，那一夜及那一天，那一夜，那一天，我一直以為這兩件事不那麼重要，對我的人生沒有影響。

應該還是有吧。

這些事加深了我內在的悲愴。但我的性格至少不如你那麼抑鬱，我還是有很多開心的時候。我企圖在人生中遺忘這些。但似乎我難以遺忘。

在你之前及之後，我再也不認識任何男人讓我自在。

譬如現在我似乎愛上的這一位。他真的關心我嗎？還是他更愛他自己？

他巨細靡遺地把所有他的事都告訴我，他是一個多才多藝的人，一個身材很好的人，他把所有的作品全上傳給我，卻從來沒問我任何事，我們只花時間在討論他的作品。而我和你之間，全只討論我的事，我那時太自我中心，所以我看出這個男人的自我中心。

他和我在一起也不自在，緊緊張張，似乎無法專心在一件事上。他聽的音樂和我不一樣，他像個小孩，經常認為別人很愚蠢。他說，我想殺了他。我想溺死他。我想和他一起上山，然後看他滾落山底。

他說時，我好想掐他，要他別再說下去。

按照我對自己的理解，我很難愛上一個少愛我的人，我希望的情人應該比我愛他更愛我，但這是典型婆婆媽媽的觀點。我要任何我看上的男人，立刻給我一份投誠書，一份在職證明。我似乎只要證明而已。

所有人，應該不會有任何人比你更愛我了，應該不會了。明夏，你一夜之間，給了我所有的證明。

他最與眾不同的地方是，他說，因為你曾被性侵，我會允許你性侵我，你強暴我吧。深喉嚨，肛交，鞭笞，你可以做任何你想做的事。你可以在我身上發洩你所有的怒意，你的復仇。你的女權伸張。你可以在我身上發揮你的女權主義，你可以無限上綱。

我才第一次知道，原來我可以強暴一個男人，現在的他是用這種方式安慰我。

巴德街

我們對自己太慘忍了，……這是為什麼我們對別人那麼殘忍。——紅軍領袖安斯林致巴德的信

往事如雲煙，但我這麼說時心裡充滿諷刺，去年十月那一天，我徹底失望了，其實，我不該去的，我不知道為什麼我走進慕尼黑城中心的菜市場，竟然便慢慢走到我們以前住的地方。

巴德街三十九號。巴德是德國極左派紅軍（RAF）領袖之一（Andreas Baader）的名字。雖然紅軍的政治暴力行動過於殘忍，但我潛意識裡認同他們，所以認同了這條街的街名。

其實街名是因十八世紀的哲學家法蘭茲・巴德而取，一九七二年，我喜歡的藝術家包依斯（Joseph Beuys）也曾在文件展展出一個關於兩位紅軍創始人巴德和曼侯夫（Meinhof）的行為作品，這使我對巴德留下印象。

我還沒住巴德街時，便常和友人在街上的巴德咖啡館見面，那裡是九〇年代慕尼黑文人藝術家聚集地之一。你說，那是少數不讓人覺得難為情的見面地點。我常去。附近還有一家漢斯薩斯咖啡我也常去。那時還非常年輕，擁有嬌嫩的皮膚，一頭黑髮，很少失眠。

街頭另一方有一家古董店，你還去嗎？其實不是古董店，只賣一些舊貨，到今天我還不明白，為什麼那位老闆竟然能成功把一個破碎的瓷娃娃以五十馬克的價格賣給我？其實那一文不值，而我為什麼會買？我那時是看到一個象徵。後來，我們在那裡買了兩張弗納・潘頓的白色塑膠椅。

應該問的是為什麼我會喜歡一個粉身碎骨的瓷娃娃，可能是Meissen或Nymphenburg的作品，我執意買下，隨後當成生日禮物送給朋友，但她喜歡這個禮物嗎？我從來沒問過她。

有一次，一個女友結婚，我從德國寄去一個水晶雕像，但她收到時已破裂，她那時感到不祥，後來，她離婚了，她似乎總覺得，那破碎的雕像是預言。

沒有你的愛，我也粉身碎骨了，我好不容易把自己又黏了起來，把自己的心又勉強黏好。那條街上的郵局我從前常去，一家只播放藝術片的電影院，一家肉店，一家花店和自行車店。

巴德街，我們度過了好多年，與伊薩河平行，我們在河對邊的愛德華．史密特街住了幾年，然後搬去郊區洋房，我們一起蓋的房子，又搬回巴德街，又蓋了一個閣樓，然後我們又搬到史坦伯格湖邊，巴德街是我們住最久的地方，我的慕尼黑回憶之地。

在巴德街，那時沒日沒夜，我們在整修房子，那種打掉重練的大整修，噪音之大，隨後的好幾個月，我幾乎都在旅館或是精神病院度過。

真的去了精神病院，那是內科醫生開的處方箋，一個很高級的療養中心，在絕美的國王湖畔，我的耳鳴讓我寧可住在精神病院也不肯回家，湖景也是美得令人難忘。

我們在巴德街度過了一段開心的日子吧，我能記憶的不多了，應該也不會是當時真實的情景。我只記得我想記得的事。或者，我總是記得我該忘掉的事。我們常去街上的三家餐廳。有一家是賣巴伐利亞家常菜，夏天時我們坐在戶外，庭院樹高，街上的氣氛很溫和。我們通常點的菜不外是維也納小牛肉（wiener schnitzel）或烤鴨肉，餐廳之所以那麼好，不只是小牛肉很嫩，馬鈴薯沙拉更是做得道地，配有醃黃瓜，這也是我吃過最好的，典型德國南部餐點。冬天時坐在角落裡的餐桌，或在吧台等候，這裡成為我記憶中最理想的餐廳，而且就在咫尺之遙。

另外一家是印度餐廳，我們總是叫Tandoori烤雞、Samosa和palak kofta。我們連去印度或者英國也點這些菜。

這條街的理髮店特別多，還有一家仍做古代武士盔甲的店鋪，珠寶設計師的店鋪、裱框店以及酒吧。你崇拜一個慕尼黑畫家叫Altenbuch，他都在這家裱框店裱他的畫，我曾看他在巴德街走過，你說，你青少年時看到他，曾激動到說不出話，畫家一直在等你說話。裱框店老闆是重型機車迷，門口經常停放重型機車。

多少次我在街頭走，等計程車的接送，等你停車，因為沒有車位，你曾經多少次在街上繞圈圈，有一次繞了一小時，最後我們決定在街頭的停車場長期租車位。

那附近住了一個你的同事，因酒駕及吸安而被吊銷駕照且永遠不得再持有，我們和他見面，都在這些咖啡館，他計畫到波蘭重新考一個歐盟的駕照，然後變成國際駕照，拿回德國使用。他是一個沒有駕照便非常不對勁的人，我們老是談著他的駕照問題。

我們住巴德街的第一個公寓，是向德國名影評人亞登（Michael Althen）租來的，是一個有花園的公寓，在城中心能擁有花園不容易，這是我們搬來的主因，另一個原因可能是我內在的瘋狂，我習於遷移。但你陪著我。亞登的影評寫得真好，每一篇都像極美的散文，幾年前他也因病突然過世了。在他的花園裡，在沙發前，我們計畫要一起寫一本書，有關我們的過去，從出生一直寫到認識結婚，有關童年、友情、親情等題目，我們一直在交談，一直在錄音，你寫了幾篇，我也寫了幾篇，那些錄音和文稿呢？

現在是我自己一個人在寫這本書。

十月的那一天，我不該再踏上這條街。我們在這條街住的第二棟房子，我們自己建蓋的房子，兩年之中，和建築師討論建蓋的每一個細節，由我構思你去執行，花了兩年的時間，蓋好之後，我卻又決定搬到湖邊，你一直忙著跟我搬家。

我站在巴德街的門口，原先我的名字現在是另一個名字，排在你旁邊。

我原來便知道的事，但親眼目睹，仍然刺目驚心。

這世界上只有一個人，就是你，你從來沒讓我等過，讓我懷疑過，你從來沒讓我失望，直到那一天。

在你之後，某個男人也是那麼愛我。他也從來沒讓我等過，但我沒法和他共處，我也不想和他一起過日子。

這個男人的海德堡公寓，在我看來，十分孤寂，他為了我找了一個三個臥室的房子，但我一分鐘也沒想過要搬過去。他規劃了書房，然後他發現，我從來不想住在裡面，原來我這麼不重視他。他只是一個不得已。我只是想藉由他逃避孤單的生活，但怎麼可能？

那一天我欺騙了你。我以為我必須如此，我必須同時和那個男人來往，你打電話時，我其實正在和他逛街，在書店，我說，「我在柏林，出差，晚上才回去。」你到火車站來接我，怕我沒東西吃，煮了一鍋雞湯，你甚至把雞湯帶在車上。而我完全不想喝雞湯，我突然想吃麥當勞漢堡。

那一鍋雞湯，現在想起來，你應該是又想和我重新開始，因為許多寒冷的冬天，我煮人參雞湯，那是你懷念我的方式。

而我完全忽視了雞湯。我知道那個男人不重要，我卻一意孤行，我不知道怎麼挽回你，我以為我和另一個男人在一起會平衡我焦慮的心，但這條路卻愈走愈遠，愈沒有出口。那位男人成為他擔心他會成為的人，他擔心我還是回到你身邊，我也欺騙了他，我說不會的，你不必擔心。原來我這麼容易就撒謊。而我卻一直責備別人不誠實，大家都要真相，但沒有人真的誠實。

那一夜，你沒察覺我的古怪，你陪我回家，你和我約好，隔天你便會把東西全搬回來，所以我安心地看著你走，我站在窗前看，就像那一年結婚，我一直在窗前看著你離開公寓去上班，你也會抬頭向我揮手。

但你這樣來回多次。那時，到底什麼讓你回來？什麼又讓你回去？

我為什麼執意和那個男人交往？一個我明明不愛的人。

更早的一天，你又要走。我跟著你到停車棚，我說不，不可能，你不會走。我以為你會遲疑，因為我說了好幾次，不不不，你不可能走。但你走了，湖邊小石路灰塵揚起，我永遠記得那個離去的畫面。那個畫面像電影的停格。

從那天後，我成為一個人，我和屋子合成一體。

我一整個月沒出門。兩次走路半個小時到湖邊另一山區的小雜貨店，我開始吃水煮馬鈴薯和乾糧，開始吃安眠藥，開始無語，開始一些無助的電話。

也許，我該重新考慮去考駕照？這麼遙遠的湖邊，我自己要來住的，開車到城裡都要一小時，巴士轉車到火車站也要一個小時。但這裡應該是全德國最美的風景了，我的慢跑都會經過徐四金的房子。

慕尼黑的史坦伯格湖實在太美，這裡住的都是女巫和藝術家，湖散出精靈之氣，吸引了菁英文人，這湖太深，寒氣逼人，即使夏天，都讓我覺得涼，而冬天結冰時，又美得令人驚嘆，但是，美的代價太高。

我不後悔和你走這麼遠，因為那些景象只有你在才美。也就在去年十月，我一個人回到舊地旅館，房子更美，就在我們以前住的對岸，我看著對岸，但再也對湖邊景色無動於衷。

真是殘忍之美。美就足矣，太美令人扼腕。

生而為人，我很抱歉。這是太宰治的話，但可能也是愛因斯坦的句子，你曾經這麼對我引述。對不起，我已經出生。你責怪我不該責怪你。

我從來沒想到你會離開我。我一直以為是我在決定這個關係，我是我們兩個人的主宰，為什麼我會這麼武斷？

對於我所無能為力的事情，我不必過於自責。雖然，我在筆記本寫這些字，但你在那一瞬間將我的心弄壞了。從此就壞了，幾乎再也修不好，只堪勉強使用，我失去了我的純真，我對人的信任，我失去你。

從前你開車帶我到任何我要去的地方。現在我連去看家庭醫師都必須走一個小時。那大群大群巴伐利亞的乳牛，黑白相間或米黃白相間，繫著銅鈴的乳牛，四處安靜站在田野之中的乳牛，牠們是否看見我傷心地路過？

我的心就那麼破碎了。我去了巴黎，某女友的母親在馬黑區留給她一座極美的公寓，我去拜訪她，但再也吃不下東西，再也睡不著了。我的腦部不斷發出錯誤及重複的訊息。她愛說話，是個有文化修養和國際觀的法國女人，她陪著我過生活，我們去找了許多她的朋友，我去看了她的心理治療師，但我去哪裡都覺得心痛，心真的會痛，那個我以為心的地方，我眼看自己的生活分崩離析，無能為力，我再也無法笑了，我怕得幾乎要全身發抖，一樣都是冬天，但巴黎的冬天竟然比德國更冷。

愛比死更冷嗎？

心理醫師是中晚年法國女性，她為友人分析多年。友人和弟弟相處有問題，尤其在他們的母親過世後，弟弟想要更多的遺產，打從我認識她後，她好多年都在照顧母親，她一直不快樂，母親過世後，她更不幸福。

幸福都一樣，不幸福有好多種，我們如何比較我們的不幸福。我的安眠藥已經用完了，我必須回去，我打電話請你先去向家庭醫師幫我取藥，我仍然把我的問題丟向你，你仍然同意。我們在一起真的合適嗎？會不會我那些年的痛真的是因為我們不健康的婚姻？

所有的疑問都像箭頭擲了過來。

彷彿之前這些疑問都躲得好好的，悄然無聲，甚至在暗處偷笑。

彷彿，積木堆到一定的程度，突然就倒了下來。你怎麼可能選這個時候，告訴我，就在除夕夜前，我們和幾個朋友約好去她的別墅慶祝，我們都已經遲到了，你是怎麼開始的？我忘了你第一句話，「我好像不再愛你了」，就是這麼通俗的句子，我不肯相信，因為你不再愛，使我覺醒，我在那一刻發現，原來愛就是當你發現愛已太遲。

在那一刻，我是多麼愛你，我從來沒愛過你，從來沒那麼愛過你。我可以做出一切，讓你回來。

為什麼，你可能不再愛我？我這麼問，你沒法回答。「是不是遇見了一個人？」理所當然的指向這個想法。「沒有，有就好了。」你終於回答。

有就好了？你說了謊。從現在起，我們即將成為陌生人，這個謊言會愈來愈大，隨後，一切都不成立，一切都無法自圓其說。

我們立刻成為兩個婚姻生活有問題的人。

金戒指

貓頭鷹、蘆葦、摺疊的長袍、羽毛、天空及城牆。——你的名字・埃及文

有誰會明白，我們可以一夜之間就變心，愛上一個之前完全陌生的人。在一夜之間和另一個人交心。又有誰會明白，我們也可以在一夜之間不再喜歡一個人。

對我而言，那只是一夜情，但他說他愛我，而且愛得相當執著，我是他的靈魂伴侶而不只是情人，對他，靈魂伴侶和情人不一樣。他的愛情像機艙分艙別。

我先是對他很著迷，然後，一個月之內，我把情感給了另一個男子。

其實受害者和迫害者並無差別，在這一點，政治和愛情並無不同。

希特勒也可能是個受害者，他是一個有強迫症的人，可能他的生活很錯亂，或

者他的性愛，就像法斯賓德一樣，他的人生，他的電影人物，他是受害者也是迫害者。他的電影都是那樣的故事。

所有的愛情，如果變質，最終便是如此，我曾是迫害者，如今又似乎成為受害者。反之，亦然。

德國一再向猶太人道歉，而猶太人總是嫌棄不夠，我有些疑問，並且因為我有疑問，我立刻便成為反猶者，我是站在哪一個立場？我知道反猶如此政治不正確，而其實我並非反猶。

我不該分析愛情，關係一旦說得那麼清楚，就像說明書一樣，那又有什麼意思，一旦你開始定義，它便成為你的定義。

我的錯在於我缺乏安全感，所以你才會想要在一天之內給我全部，但我們立刻界定了夫妻關係，因此不再談戀愛，我把一切視為理所當然，因為結髮。

所以後來這個他是對的，我願意等待，我願意付出，後來，我因他而想及你，如果我能這麼對待你，即便一半都好，你應該會更開心吧？

他畢竟和你不是一樣的人。

里奧波德街的德國鄰居是星座大師，她在電視上接聽付費電話，我們常常在義大利餐廳聚餐，她說：如果可以，下一次選一個寶瓶座的情人。

我和她躺在慕尼黑英國公園的溪邊，她喜歡裸泳，帶了一籃子食物，我在樹蔭下讀書，然後我們去啤酒園喝啤酒，我應該是動不動就提到你，她也習慣了。

你的愛其實是法西斯，一種專制，你到分手前一個月，還向來聚餐的朋友仔細說明我們如何一見鍾情，如何在一天之內決定結婚。你告訴你的朋友：不准對我妻子起心動念。

我們一直相信我們自己的童話。直到那一天，你開車離開湖邊，留下我和我的惡魔。

會不會我寫得真的太簡單了？我的婚姻我的愛情？用了太多主詞我？

關於另一個男人。

我的人生又跨入一個分水嶺。有關靈肉合一這件事，或者有關肉體如何找回靈魂，或者肉欲究竟是怎麼一回事？我們都沒有仔細想過，或活過，我們的性欲是不是沉睡太久，像死火山，我們是不是害怕感官的享樂，因為我們擔心成迷上癮，我們逐漸將感官套上了一層保護膜。

或者相反，有人將他的靈魂套上一層保護膜。

而他即將掀開我的保護膜。他喚醒了另一個我，他直接和另一個我展開交談，

「所以你把我綁在這裡，你丟下我就走了。」

你可以做任何事情，你可以對我做任何事，你甚至可以傷害我。

他曾經受虐，被打傷了一隻眼睛，或許也被傷了靈魂。

他直接打開門。傳了一張他站在島上一角俯瞰海面的照片，廣角距離。讓我立刻想及高達電影裡皮可利站在卡皮島上的照片。

「你可以對我做任何事，任何事。」我被他選為可以施虐他的人。任何事？我能？「你會知道，當你看進我的眼睛。」他是一個受傷的靈魂，我不確定我強大到可以拯救他。

但我明白了。這就像迫害者與受害者是同一件事，受虐者與施虐者其實也是同一個人。「愛你，與受虐無異。」我說。

「愛你。」他說。

「你究竟是一個敏感的人或是強悍的人？」

「我曾經抱過一個剛剛出生的嬰兒，也曾去過戰場，我曾像拳擊手那樣出拳，也曾像吻過羽毛那樣地吻過情人，」他說。那便是藝術與人生，我說。還有所有之間的細節，他說。還有所有之間的細節，我說。

還有所有之間的細節。今天與明天。春天和夏天。出生前和出生後。站前與戰後。身與細微身。魂與魄。他和另一個他。柏林與台北。我與以前的我。

這是一個較陰暗的角落，但更真實。我寫訊息給他，會不會，我充其一生沒有足夠的時間了解我自己，在死亡之前，還是，我們其實已經足夠知道，我們只需要努力實現自我？

後者，我一直以為是後者。我已經足夠知道我自己，我應該不會對自己有太多驚奇。他說，不，我們這一生不可能完全明白自己。

也許你會說，我過於輕易相信他的話，正像我輕易相信他的愛情。

其實這是我和自己的對談。我相信又不相信，我猶疑不決，從來沒真的參與自己的生活，我很被動，一直在旁觀，我就像自己的記錄者，生命發生的時候，我的觀看似乎有點像記錄。

我這一生從來不曾認識像他這樣一個人，孤獨，奇怪，老是要和一般意見作對。又有一個女友說，你自己不也奇怪。就這樣，我和他走進了一個我想像不到的世界，我勢必改變他的某些想法，他也會影響我，讓我傾斜到他那邊。就在認識他之後，我不怎麼懷念你了，我其實懷念那些我懷念你的日子。

他不是第一個男人問我，但他是第一個我似乎愛上的男人問我，在你之後，他握著我的手問，那是結婚戒指嗎？是又不是，真正的結婚戒指在北京碧雲寺丟了，當時我伸手一揮，戒指飛了出去。一群人於是停下來幫我找戒指，但再也找不到了。這又象徵我們的婚姻。確實，那時我便知道註定分手。那是我自己的預言。

預言成真。分手又復合。這一次你堅持要買Tiffany，在柏林，氣質高雅的店員小姐說，你們不像新婚。我們不是新婚，也不是再婚。她不敢再追問下去。

分手後，我一個人去了好多地方。我經常去羅馬，我愛羅馬，誰不愛羅馬？我去了埃及。在金字塔附近騎駱駝，往開羅的回程，經過一家觀光客必經的香料店鋪，一位埃及男人抓著我的手臂，未經允許，便直接用力把香油塗在我手背上，並說，這瓶是開羅河的五十種祕密，如果你塗上這油，男人再也離不開你。

我轉身瞥見一位傳統老金匠，他居然正在製造一個和我結婚戒指一樣的戒指，你當年訂的古埃及女王用的戒指，以埃及字母塑金。我立刻訂製了一個相似的戒指，戒指上寫著六個埃及文字，你的名字。你的名字變成了一枚金戒，六個字母雕刻如是：貓頭鷹、蘆葦、摺疊的長袍、羽毛、天空及城牆。

之後，我戴了好一陣子。但畢竟埃及金匠騙了我，這不是金戒，只是漆上金粉的戒指，戴久了金粉便掉了。

你的名字從金戒變成了一枚銅戒。

歡愉是何物

歡愉（Jouissance），這個法文字無法翻譯。——法國文化學者里希曼

我趴在床上哭了；我擁有一切，但卻是一個無法享受身心快樂的白癡。

不了，我不要再詢問了。從前我以為質詢便是生活最大及最好的藉口，但現在我發現，很多我質詢的事並沒有答案。於是，質問太多又何益？時間從哪裡開始？空間在哪裡結束？他愛我嗎？他不愛我？

是你要愛你自己，人們都這麼說，彷彿像至理名言。這也是另一個可怕的生活藉口，我們總是愛自己，我們愛別人也是希望別人愛我們。愛不是選擇題，也不是

問答題，不是，愛應該像花的香味，大地的氣息，自然散發。

我不要成為在街上看到的男人，他們好幾個似乎半身不遂，走路顛簸，我看得戰戰兢兢，在半年之內，在同一條街，我看過三個男人這麼走路，讓我只想健康地活下去，沒有愛情沒關係。

這絕對是奢侈，我坐在這裡寫愛情。

問題是，我從來沒真的放輕鬆過，我總是緊繃著，等著別人無條件的愛。我從來沒享受過生活，任何歡愉，就像卡繆說的，他是那個不知道歡愉是何物的白癡。我明白卡繆的意思，他交往四個情婦，也同時得了諾貝爾文學獎，但他並未享受他的人生。

我也從來沒真正享受過自己的人生。

感官的歡愉與頭腦有絕對的關係，如果我的心思無法輕鬆放下，我將永遠不可能感到歡愉。我只能期待那非常短暫的安靜。歡愉，羅蘭・巴特說的Jouissance，拉岡也提出這個字，黑格爾也談論過Genuss和Lust之間的區分。而我不懂，純粹就身體反應。

我只懂得平靜，在這個男人與那個男人之間。在這個夜與那個夜之間。在這個呼吸與那個呼吸之間。

一些時候，我心思混亂，緊張。如果他又一次不按牌理出牌，我跟著上心，覺得很難走下去，很多念頭又會升起。

一些時候，我日日夜夜坐在桌前寫作。但我逐漸知悉，我要用更多思維寫作而非激情，維吉尼亞的寫作充盈著思想，而莒哈絲來自激情，其實二者兼具更佳。

我從來沒享受過性的歡愉？也不是，但我的歡愉過於簡單明亮，像打一個嗝，或擦去鼻涕。

我已經走到自己的邊緣了。這與他一定有關？我的心裡有一百種想法，你怎麼知道我現在是哪一種？他說。他是一個有一百種想法的男人，你不是，你應該沒那麼多。

康拉德的《黑暗之心》，柯波拉的《現代啟示錄》，我印象最深刻的書和電影，我們怎麼會成為別人的敵人？如果我們的情感表達方式不一樣，我們是否能讓我們的對象明瞭？我們是否該讓我們的對象明瞭？

我們原來便在不同的世界？

難道我現在對歡愉（jouissance）這件事比較有興趣？

不，我現在有興趣的是打破界線，認識他後，我才知道我是這麼侷限自己的人，侷限在自己的感官經驗裡，因為我的道德感？個性膽怯？因為自卑？

他是否繼續在試探我？我只能試探他的試探。他是獵人，同時又是獵物。我不太敢表達自我，我覺得他會認為我笨拙，我覺得他限制了我，他讓我把我純真和自由的表達全收了回來。有時我會感到冰冷。

一個女友說，「因為古怪奇特，他肯定對你的寫作是好的。」她說得像我已經買下一個有潛力的股票或基金。肯定是好的？

我的直覺，在你之後，我因他而更寬闊，更強大，也許童年的創傷便因他而痊癒。但我太容易為他的言行而大感受傷，我主觀的感受主導了我自己，那些情緒造成了我的生命氛圍，我的感受過於強烈，有時幾乎讓我窒息。

我的性格從來沒因人因事有什麼改變。那與生俱來的恐懼感，無法祛除，地震颱風都讓我驚恐，我不能直視醜陋，也不能觀看集體。

親愛的你，這便是你給我的珍貴，我寫過多次，我再也不會擁有的安全感，你曾給了我，你也永遠剝奪了它。

在你之後，在禪修的山上，遇見了一個海德堡男人，他也給我那樣的安全感，他願意與我活下去。但我不能，我不能和他一起活下去。

我曾經躺在他身邊，感覺異地的深夜是如此安靜，他的房間也如此安靜，我喜歡那樣安靜的夜。我獨自一個人，沒告訴他。

我們也在河邊，在不同的公園散步，我用手機拍攝他的臉孔，他看起來好悲傷，彷彿他已經知道我不想他一起走下去。

從他的臉龐看得出來他曾經如何受過傷，兒時，他的母親離開他的父親，和別人再婚，他的繼父對他很慘酷，母親站在繼父那邊，使他從此再也不相信女人。終於愛上一個女人，過起大家過的婚姻生活，但是命運抑或是他自己的性格？他在女人懷胎六個月時，愛上另一個女人。他的愛情如此不幸福，另一個女人其實不那麼愛他，他為她搬了出去，為她去了澳洲，他發現女人和別人通信。那是多年前的事了。現在在城裡，他也遇見過那位讓他心碎的女人，她已是白髮蒼蒼的寡婦。

我必須告訴他，我不愛他。在受邀參加法蘭克福書展之後，經過他的城，但已重感冒，我躺在他的床上兩天兩夜，不停咳嗽，什麼也說不出來。他泡茶給我喝，要我給一個答覆，任何答覆。但他沒接受那個答覆，他不相信我的答覆。

我不愛他。

為什麼？我也不知道為什麼，如果有的話，我無法以他為榮，和他在一起，我只覺得像勉而為之的陪伴。他認為這是因為我還愛著你。但也不全然是。

我不確定我還愛著你，但我確定我不愛他。

在他之後，我又認識了幾個男人。搬到柏林，還沒買電視，到咖啡館看足球比賽，和一群陌生人一起開心地喝啤酒。那是柏林的夏天，他和前男友同名，是道道地地的東德人，住在離我五公里之處。我們在足球賽後見面了幾次，我一直搞不清楚他的善意。他是一個很有教養的男人。

那時他正在讀一本書，有關直覺，有關我們應該更信任我們的直覺。

有一天晚餐後，他聽到客廳樓上地板發出一聲巨大的聲響，平常，他也常聽到樓上地板發出聲音，但那次特別奇怪，他覺得那個聲音不尋常，他揣測了一下，但不知所以然。

他有個直覺，但他沒做什麼，曾經動念想上樓詢問，但當然他沒這麼做，這裡現在是東柏林的美屋大巷（Schönhauser Allee），德國都統一那麼久了，不像以前緊密的鄰里關係，現在的鄰居平常只打招呼而已。

兩週後，他看到警察進了大樓，原來，那一天樓上的獨居婦人死了。她已經死了兩週。

他很後悔他沒相信自己的直覺，如果當時他相信，那位婦人便不至於死。那是在黎巴嫩餐廳，我們聊了很久，他問我和你是怎麼回事，我說，我和你分手了，他問我為什麼，我說，因為我是個沒有能力愛人的人，就在那剎那間，他整個臉部表情都變了。「沒有能力愛人？」他失望地看著我，他沒再說話。

在那一次談話後，我們再也沒見過面。

我搬到柏林後，常遇見奇怪的男人。譬如坐在咖啡館的露天座上用餐，一位路過的中年男士上前搭訕，他問，可以向我說說他的人生故事嗎？前東德祕密警察，到現在不知道泰國或台灣在哪裡，以及，他也問，為什麼大家都愛喝薑茶？他從前就業時必須花好多年學讀唇語，為了在遠距離便能知道別人在說什麼。而為了贏得我的信任，他把身分證拿出來，我不想看，但他說，這是唯一可以證明他並非是歹徒的文件。「你知道以前我們如何把一個人搞瘋嗎？」我怎麼會知道？「你只要趁他不在家時去他家浴室，將他的牙刷天天換個位置。」

過了幾天，又在Ｕ２線，一群俄國人坐在我前方，他們或談話或沉默幾乎像麥雅侯德的劇場表演，他們對我說起俄語，我完全聽不懂且必須下車。坐在我身邊的年輕男人跟著我，他問，你要去哪裡？我以他的問題做答案，你要去哪裡？他剛剛從一個性感內褲派對出來，現在要回家。性感內褲派對？是的，參加者無論男女都只著一件內褲。我略帶驚訝的表情告別他。

之後是某名一直在旅行的男子，他每次見面只在做一件事，向我保證和他在一起衣食無憂，他甚至把他的薪水、存款全部告訴我，還說，他每個月另給前妻五百歐元補貼她的房貸，如果我覺得沒必要，那以後他就不付。

關係很快結束，因為話題總是與錢有關，還有，接下來我們該去哪裡旅行？

他或許動了情感，前任女友因為他遲遲不肯結婚，憤而轉向另一個男人，這使他再三警戒，「讓我們結婚吧，我的錢足夠讓我們二人好好生活。」

我曾經想過，或許我該給他機會，但馬上打消這個念頭。我們計劃去亞歷山大廣場店家買電子產品，相約在大門，我從地鐵走出來後，看到他在廣場上走，也要去赴約，我跟在他身後走，沿路我沒叫他，我們走了好長一段路，他走路的樣子讓我生畏，我無法愛上一個那樣走路的人。

僅僅看一個人如何走路，我便知道我會不會愛上他。

他真的愛上我嗎？愛上不愛他的我。

我想在柏林好好生活，他陪我去買了一輛新的自行車，我們一起騎車去忘憂湖，他知道我不夠愛他，常常顯現某種沮喪，那沮喪感讓我更不喜歡他，偶爾他克服沮喪的感覺，我們可以稍微開心地吃一頓飯。我覺得我不只是對他殘忍，我對自己更殘忍。

這個喜歡旅行和運動的男人打算和我搬去侯夫蘭街，那是高級住宅區，他去醫院做了全身健康檢查，特別包括愛滋病項目，他也花了一些時間解釋，或許我們該在結婚前上床？或許我們該在上床前都各自做健康檢查？原來是這麼謹慎的一個人。

他說，柏林醫院的愛滋測試是免費的，去的人抽了血，醫院只會給一個號碼，憑著號碼，驗血的人會知道自己是陰性或陽性反應。不給名字，是保護得愛滋病的人不受社會歧視的排擠。

我回答他說，我不必做，我沒這個病。但他花了好長的時間繼續解說，原來他希望我去做檢查。

他是對的，他也沒錯。原來他所做的一切都是為了安全感。原來，他對我不夠信任。

更可能，他只是一個沒有深度內容的人，就僅僅如此。我無法和一個我難以暢快聊天的人來往，我沒法嫁給他的銀行儲蓄和退休金。

一個女人說，我只喜歡那一型的男人。哪一型？我問。她立刻拿出手機相片給我看。對任何清楚自己要什麼的人，我略微羨慕。他們在餐館總是知道要點什麼餐，他們做任何事總有自己的意見。

我一直不是那麼清楚我要什麼，一旦我清楚後我可能又會堅持。有時，我好像只想藉著和別人交往去認識我自己。

這就是他曾說的，「你想認識我，因為你想透過我認識你自己。」

於是認識了年輕的墨西哥男子。

於是認識了暖男大叔的他。

他說，他必須耗費所有的腦力，動員所有的想法，才能鞏固我對他的好感。

先是談寫作，然後談作家，談食物，談品酒，談名畫，談音樂，談政治。

我和他的政治立場完全不一樣，他痛恨左派自由思想，我不喜傾右言論。我討厭自己偶爾有那麼一點保守的想法，我從他的言論看到我不喜歡的自己，但他更偏激，他反對同性婚姻及中東難民的言論已經讓我大感憤怒。

一個有內容的人，但與我不一樣的內容，最後是一樣的結果。

他也是一個我無法愛的人。

那是因為我寂寞嗎？我突然發現，原來我一直在談感情，好像我少女時代應該做的事，而我卻在你之後才開始。

我轉身，我逃脫。

在你之後，我就像搭上一艘離岸的渡輪，船離岸愈來愈遠，而船在洶湧的海浪中往前行進，我在晃動的渡船內看著岸上風景。

你已遠去。

我果真透過你而明白我自己。
但我並沒有遺憾，我的人生即將寫入下一章。

美麗的誤會

我可以用我的靈魂碰觸你那完美的身體？——柯恩

和所有男人的交往中，我和你談得最多也最深，我們的趣味相投，喜歡的音樂也相像，我們都學過戲劇，愛好電影和哲學，我們都在寫作。

現在的他呢？

他說，相信我，女人我也認識了一些，她們總是說，「為什麼你老是提起性這件事？」而當他完全不提，她們又會問：為什麼你現在都對性沒興趣。

談戀愛也需要一些靈感。偶爾我對一些玩笑話感到略微後悔，他可能還不了解我的幽默，也可能因為我的玩笑話而誤會了我。

但又如何？我一樣也誤會他。

那些與我錯身而過的男人。那些對我存有誤解的男人。在巴黎地鐵車廂，只因為我多看了一眼，而誤以為我要與他一起下車的男人。我看著他下車，在車廂離開月台之前，我突然也有下車的念頭。但他永遠也不會知悉，我們已經錯過。

會不會所有的愛情其實都是誤會，但有些誤會比較美好，另一些誤會比較醜陋。美好的愛情便是美好的誤會。

如果太過執迷於誤會，迷戀了誤會，習慣了誤會，有一天發現了誤會，就有了傷害。

那麼，我在擔心什麼？

我和你總是誤會，一些誤會甚至包括在誤會之下。誤會中的再誤會。也許因為如此，你愛我。

我感覺自己應該投降，我從基督耶穌到密宗，好幾次也疑神，問題是：神為何讓我疑神？

他和你一樣也是作家，所以我們同行。他說，你要相信，這一切才會變好。那我不相信呢？誰能告訴我，什麼事可以樂觀，什麼事又應該悲觀？我在這二者之中游移不決，生命因此有所延遲。

在你之前的男人，其實我喜歡的是他的朋友，但是他主動追求，使我改變心意。我自己沒做選擇，我成為他的選擇。

你還有什麼好失去？青春？錢財？她問，大半生都過了，還遲疑什麼？

人們常說要小心男人騙財及騙色。前兩年在印度新德里，一個年紀比我小很多的男生，他成功地哄騙了我，我上了當，但我一點都不討厭他的騙術。

年少去印度時，總是提心吊膽，不敢外食，連刷牙都只用礦泉水，整天只怕被騙，但現在的我卻心甘情願接受騙局，我的人生經歷全像翻過來的沙漏，一點一滴慢慢沉澱了下來。

現在我知道，無論我遲疑與否，生命的潮汐自有它的律動，我要不要，有或沒有，生命只有一次。

至少，這樣的生命只有一次。

我們都是有傷痕的人。我身上有兩道疤痕。三道，包括小時候肺結核疫苗引發的蟹足腫。我的靈魂也受過傷。而他是一個脆弱的男人。其實，你也是。

Via con me，這首歌也是我對他最深記憶之一。

我非常篤定，在夢醒時，我立刻做了錄音，我相信我的夢。躺在沙發上，我依靠著他。現在我懂這個夢，我靠著他時，沙發太擠，我的身體有一邊已不在沙發上，倒是他躺得安穩，這就是我們的關係。

他說，我想告訴你好多事情。

我也是，我想告訴你好多事情。

這就是談情說愛。我想告訴你好多事情。

再說一次。

沒有未來，只有現在。

但所有的物件都在毀壞中，包括我的身體，我聞到腐朽的氣味，食物，花木，空氣的停滯。

我不太相信前生今世，我也不太相信輪迴，這是我無法成為一個真正佛教徒的主因，雖然我希望成為佛教徒。

我們的相愛，可能就是氣味相投，我們喜歡彼此的氣息。但你走後，我的氣味變了，我沒法聞到你的，你的氣味變了嗎？使用她送你的古龍水？

我很敏感，我感覺，我的身體氣味變了，是不是因為我的恐懼？悲傷？如今的我懷有恐懼的氣息？

我要跟你說什麼？

容許我再回到寫作。

你的那本小說《最美的時刻》究竟是不是寫得那麼好？我曾經為文大表讚美，現在又要收回。

或許，不只是你，我也是，我們的寫作太刻意了，太造作。我們經營一種氛圍，一種我們以為的文字觀點，我們編造，書寫，一改再改。

在多少散步的晚上，你一遍又一遍地說，我也是。我們得透過向對方訴說來說服自己，但我們不是天才，只能寫到一定的程度，距離目的地還有一段路。就像我們多少次在高速公路上迷路，我們不但下錯交流道，且不斷往反方向跑。

愛情到底是什麼？也只有你和我兩人知道，誰付出比較多？誰又過於自私？二人之間的互動在哪裡？也只有自己才能思索捉摸。

在湖邊的日子，我們認識了許多富人。有一位富翁對我有興趣？至少他打我的行動電話和我聊天，你問我為什麼？我說嘿嘿。我說嘿嘿，彷彿你不是我丈夫，而是我的閨密。

嘿嘿。那是我的虛榮心。我沒發現，這嘿嘿二字已經說明我們的關係已有變化。我沒注意到，你常找同事來家裡烤肉，你並不是一個喜歡和同事聚會的人，更別提烤肉。

我有另一個年紀比我大許多的女性朋友，在聽及你離開我的消息時，她也一樣使用那個動詞，感情是需要經營的，而我們一直沒好好「經營」。

愛情若需要經營，像經營生意，經營二字無誤，那我不會擁有感情。她說得對，但她用錯了動詞，我希望，愛情不是事業不必經營。感情更像是池塘裡的魚或花園的花木，需要水和灌溉，需要養分才能持久。

他們總是說，我必須用男人的邏輯，男人需要更多的自由空間。又有人說，男人的邏輯就是性。

女人的邏輯：他到底愛不愛我。

感情有邏輯嗎？應該沒有。它發生時便發生，它離開時便離開。我可以在許多蛛絲馬跡裡找出線索，但舟已沉覆，又何必？

我為何坐在這裡，寫這些？只因為我有那麼多話要告訴你？在我們分手後？有一天在游泳池裡，有個男人迎面對我笑，並且一路跟著我，我不明白，猛然才發現，這個男人原來就是你。

你知道嗎？有時你在寫作時，我發現你的呼吸聲不均衡，彷彿在搏鬥，你在文字裡決戰。我此刻也有那樣的呼吸聲，我感覺到短兵相接，而我沒有更好的想法和靈感。

呼吸不順暢時便不會寫得好。我喜歡的寫作是快寫，全神貫注，一點都不會閃失，像乩童起駕，我什麼都不需要想，會有聲音告訴我，我只要記下來。

我只消記下來。

有時候，寫著寫著，我突然有一句神來之筆，我因而落淚。我的人生也因為那幾筆神來之筆而值得活下去。

她想和她的外遇分手，回到丈夫那裡。於是她向她的外遇表白，外遇的他本來便有一點暴力傾向，他激動地打了她，她跌倒了，頭撞了地板，昏迷過去，一直不醒。她是名人，她的外遇不願將她送醫，怕引起爭議，於是打電話給她丈夫，他說，「她一直不醒，我不知道該怎麼辦。」但她的丈夫受夠了這樣的婚姻，他覺得自己再也不該接受她這樣拋棄他。他什麼也沒做，外遇的他也沒做什麼，他們等她醒來，但她昏迷了兩天，再也沒醒過來。

那一天，死神降臨，但兩個懦弱的男人都沒試著為她阻擋，是他們害死了她。

這是她的故事。而我有我的人生，如果重來一次，我還是要認識你。我喜歡我的人生，如果重來，還是要認識他們，那些和我有關係的人。

只是我似乎對一切現實世界的事物都不真的懷抱興趣。或者，我的興趣短暫，都帶有某種為了實現創作需要的功能。我只對我想像的世界有興趣。

除了創作，我沒有什麼非做不可的事。我沒有真正愛的人，這是你讓我知道的事。我歡迎任何人、任何想法，但只要我發現與創作無關，我又會失去興趣。

我現在更羡慕任何有性欲的女性，甚至有性癖好的女性。我總覺得她們活得更有滋味，我羡慕她們的多重性高潮，她們的潮吹。

那是慕尼黑史瓦濱一棟公寓，一個女性朋友，六十歲或者更多，頭髮開始稀疏，她一個人生活，過編劇生活，那個夏天，你離開的那個夏天，我和她經常見面，談論你以及我自己，我幾乎每天都在談，她要我從湖邊搬回市區，考駕照，找律師，凡是有關一個女性在面臨感情問題所應該做的，全都在討論的範圍之內，還有一杯杯的紅酒，我經常期待和她見面，我也不停地訴說了許多。

但這個女性朋友最讓我印象深刻的一席話，是她告訴我，性生活對她而言全然神聖，她可以為性而活，然後她描述了一個最近的性生活，和一個年輕的水管工人，整夜都在做愛。

我也希望能視性生活為神聖，但我也許只是懶，懶得去開發自己的感官經驗，也許我只是被自己的道德感箝制？

我是否該從自己的身體感受開始認識自己，我如果太遲頓，我如何改善？

疤痕

Beware of a Holy Whore.——法斯賓德

我曾經躺在前男友身邊，但想著另一個住在同一條街上的男子。我也曾經躺在你身邊想著遠地的男人。

他是理性的，他常常問我，「你要表達什麼？」

他不明白我要表達的情感，對他，他終生要避免的便是情感，他不去碰觸，完全不能免除時，含糊帶過。「我不喜歡聽到別人說，我愛你，因為他們說了以後，我只能回答我也是。」

如果我說我也是呢？

他是一個無法說我愛你的男人。

他不那麼喜歡有人問，你要去哪裡？你什麼時候回來？他不喜歡交代行蹤，而且和他交往必須接受他有許多盲目的女粉絲。

他不會明瞭我，我的女人心。可能我也不會明瞭他的，太寬闊，太寬闊也會讓人窒息，跟那跟得太緊密並無不同。

但他指引我另一個世界，他讓我想了解他，以及新的我自己。

我以前認識你時，完全沒什麼打算，只想跟你在一起。你不如他那麼自戀，他那麼好動，那麼興趣廣泛，你也不像他那麼多變。

他讓我忘記你，也讓我懷念你。

另外一個他和我也不合適。我對他說過無數次。但他不死心，好吧，是我的錯，我們坐在巴黎一家梵谷去過的咖啡館，在先賢祠後面的山丘上，現在是荷蘭人經營，我覺得乏味無趣，但剛好寂寞，覺得有人陪伴也好。他是高大的，正像一個高加索人，也有那樣低沉的聲音，他需要一個全心全意愛他的女人，他可以為她煮飯，他會煮五花肉以及炒蔬菜，他會泡茶。他懂得分辨中國鐵觀音和凍頂烏龍茶，他也會烤肉、烤魚，懂得紅酒的年代和區域屬性。但他一事無成，在過了中年後，成為無業人士，唯一認真的事是與朋友來往，他的朋友絕大多數是女性。

我沒法了解這個男人，動不動就說我愛你，我想，這三個字他像傳單一樣印了許多，一一發給任何他需要發給的人。

更早之前，他曾發給我讓我感興趣的訊息，不可追究的部分反而使我印象更深。他開始談話，但意向不明，總也無法凝聚方向，他若談吐太多，又讓我不滿，我無法忍受太多見識短缺的談話，我因此對他怒氣沖沖。

我不在乎性關係，或者我也不要。都是在巴黎，但那是在另一個男人的房間，而且是在我年少，我一心也只想離開。一個非常帥氣的摩洛哥人，我們是巴黎大學的同窗，他說，你一定要試試我們的薄荷茶，他說了太多次，我終於去了，跟我類似的簡單房間（chambre de bonne），那時學生都住這樣的房子，他煮了茶，端給我喝，是不是甜了，他問，是的，我說，是甜了。過一會，我看著他，我說，我想走，他說不要走。我站起身，他立刻掏出大鈔，不是，他誤會了，我真的得走。

他真的不需要掏錢，我從來不想也不曾從男人身上拿錢。難道他以為我是妓女，或者我可以像妓女？

你正在寫什麼？如今這個男人問我。

他讓我明白，我應該主動過我的人生，我可以離開被動的關係。他讓我明白，我的人生過於被動，他是啟發我的人。

教授，讓我們關燈看電影吧。

我向他這麼形容自己：我只是一個簡單容易滿足的人，我從來沒有什麼特別的性幻想。我也不怎麼明白自己的身體需求。他問，為什麼你會過這種生活？為什麼會這樣對待自己？因為，我並不覺得性生活有多麼重要，我覺得精神生活才重要。

生命的列車已經開向他那個方向？

我容易過敏，對自己的汗水。我是一個對自己過敏的人。你還好嗎？最後一封信，你曾經問我，「你喜歡那裡的生活嗎？」我喜歡台灣，我只是不習慣地震和颱風。台灣的天氣濕熱，已經回來三年多了，我仍然水土不服，我想我不會再適應了，我對哪裡都不適應。

我不適應沒有你的生活。我再也不會適應了，我再也不會抱怨和你的德國生活。

在柏林亞歷山大廣場，我們搭乘地鐵（S-Bahn）要往東德的無憂宮，你在地鐵月台地上鋪下你身上的皮衣，那件象徵你青春的皮衣，你坐了下來，你當眾坐下來，那時你看著我，我在心裡說，如果你邀請我，我從此便會走入你的生命。我才這麼想，你便伸手邀請了我。

那時，我以為我會終生和你在一起。終生。毫無疑問。我是那種如果喜歡一首歌，我可以重複聽到膩的人。跟你一樣，我也可以每天吃一樣的食物。

嘿，我非常懷念我們坐在愛德華．史密特街上四樓公寓，那時我們新婚，每天可以在餐桌前談好幾個小時。

我懷念那時我們的對話。我要到如今才明白，在之前和之後，我再也沒能遇見有趣及能夠高度知識交換的內容的情人。

他呢？跟他的關係必須回到自己，愈挖愈深。他讓我知道，從前我和你太天真，我們把關係理想化，我們將對方理想化，並且想像理想化後的婚姻和愛情，我們活在自己的想像裡，從來沒去深思生活發生了什麼變化，我們的欲望是什麼？

我們被一些問題帶走了。老是在蓋一個未來要居住的房子，老是去買家具，搬家，我們花時間在想房子，尤其是我，但我們的身體呢？我們的肉欲？我總是在擔心什麼？你呢？為什麼我們從來沒真的享受過我們的愛情？我們的青春肉體。

為什麼我們一日又一日那麼走進婚姻的墳墓？為什麼我們習慣了沒有性生活的婚姻？

他和你相反。如果我不同意，他會語帶責備，他會說那種「算了，就當我沒說」的話，他沒有耐心，過動，心思複雜。他同時也過於保守，不肯付出。

他不如你那麼愛我。

但，是什麼樣的心理狀況，讓你接受了我們這種不幸福的生活？你只要反對，一切便會不一樣了，你為何不反抗？你為何順從我？

我從來沒想過我要過什麼生活。我只是被動地接受你的愛。

所以，我們必定走不下去了。如果我們早一點覺醒呢？你在郵件上打下那些字時在想什麼：我們的生活怎麼辦？

那時你究竟有沒有想過：我們的生活怎麼辦？

現在的他感受得到，我還沒從和你的婚姻中走出來，我一直在回味你，回味和你過去的生活，回味變成我的生活內容。

我該去跳舞嗎？

還是我該更努力創作？

如果可以選擇，我寧可選擇享樂也不要是創作。

如果可以選擇，我要選愛人或被愛？不，那必須是同樣一件事，我不要在兩樣選項之中。我突然懂了，我們不可能學會愛情，如果不是同時愛人與被愛。

愛情是雙向的，但愛有不同面向的愛。

因為當時沒愛過你，所以到現在都必須努力學習愛人，我學得會嗎？

不知為何，總是會回到父親。

我決定埋葬了對父親的質疑，沒有疑問了，父親，你安心走吧，是我的不是，我沒能安慰您，您那枯槁的心，那被女人拋棄的身體。

我決定把這些全部寫下來，在多年後。

如果能為喜歡我的人寫，為喜歡我文字的人寫，那就是幸福的生活。

請容許我再說一次，也請不要誤會。文字或畫面只是交通工具，書寫和影像可以全然神聖，也可能像交易，端看創作者。現在我明白法斯賓德，真的明白。電影是神聖的妓女，那是在嘲諷自己，多少次，我坐在投資方和金主面前表達，一次又一次說那些可怕及重複的語言，多少次的簽書會，多少都像在行銷。

下車時別忘了帶你的隨身物品，我在車廂內聽到廣播，我在車上打電話詢問區公所戶政所或法院，如何為失智的母親辦理遺產拋棄，因為她的弟弟過世，並且欠下極大的債務。

我有點害怕自己和她的合照。我和她太像，她病得太重，她讓我看到生病的自己，衰老的自己。

而柏林的冬天非常冷，而且是徹骨地冷，你以為到了四月，冬天應該就過了，但你卻發現，可以冷到你心灰。

在那樣的冬天，我一個人度過，住處大樓旁邊有家旅行社，我也曾無助地坐在旅行社職員的辦公桌前說：我想明天就出發，耶路撒冷。

我曾那樣出發，但多半是義大利，或者希臘的小島。有的人的怨恨是一輩子，而我不是，但疤痕一直會癢，天氣變化時更嚴重。你成為我身上那道深刻的疤痕。

他經常逗我發笑，他說，我笑時不敢真的開懷地笑。我很少那麼笑，我並沒有真的對他解放我的情感。我只對你。

我不記得上次是什麼時候這麼笑過，我現在渴望笑出眼淚。他問我，現在是什麼感覺？我說，「沉了，更深沉些。」他說，沉，這個動詞似乎並不是正向的力量。如果沉不是好的，那潛呢？我潛入了更深的感覺中，像無氧潛水。

那是八〇年代末的巴黎，我同時愛上了盧貝松的《碧海藍天》（*Le Grand Bleu*）和溫德斯的《欲望之翼》（*Der Himmel über Berlin*），以及庫斯杜力卡的《吉普賽之歌》（*Le Temps des Gitans*），我幾乎每天都在看電影，經常在塞納河拉丁區閒逛，我的巴黎生活很孤單、舒適；那裡到處是性愛追求者（Traqueur），路上常有男人搭訕，還有男人在地鐵對面月台上莫名其妙地自慰。

那些日落極晚的夏天晚上，涼風習習，華麗的老建築、時髦有趣的人物、令人印象深刻的影象，一次又一次地存留進我的腦海。我也愛巴黎，喜歡法文，但我在初戀後無法再和法國人談情說愛。那時，我無所謂，我很年輕，我有的是時間。我把時間全浪費在憂愁上。

我可以主導自己的欲望嗎？為什麼我從來沒想過這個問題？我喜歡自己的身體嗎？哪一個部分？

我的內心存在暴力嗎？我還在問這個問題，對於別人輕蔑我的行為，我無從反駁，留在心裡，是否成為某種壓抑？

可能我果然遲鈍、無知。我無法打開所有的覺知、感官，這就是了，我仍然希望自己是佛教徒，雖然我可能永遠不會是，但我誠心接受這樣的人生思想：一切都可以，就是不要執著。最高明的心法，我一生可能都學不會。

和你在一起，我不上心。我忙著擔心，我的內在恐懼太多。那些日子，我們的分手又成為我人生最大的恐懼。

我或許也因此成為勇者？因為我內在恐懼過於巨大，我無論如何都必須超越它才可能存活，雖然我深知，我的恐懼無非全來自我的想像。

許多時候，我雖然往前走，但也會停下來問自己：是否迷路？我老是用法文問自己：Reculer？Avancer？（前進或後退？）或者，謝謝，永遠不要再聯絡？

我不勇敢，真正的勇氣是在各種壓力下還能慈悲對人，我只是熱中心靈冒險，我熱中於打破界線，自我的界線，創作的界線。但我常失眠。

我被你的光明面吸引，卻被他的黑暗面吸引。他說，「你在猶豫中。」我確實在猶豫，是否我要靠近他。我不知道他的黑暗究竟多麼陰暗。但那也不過是適度的邀請，他並未勉強我，我可以靠近也可以離開。

認識他以後，我才真的認識你。

我已經走太遠了。我從前皺著眉頭，現在多半眼睛直視前方，和你分手後，這一切漸漸不再那麼可怕，我已從福爾摩沙走到世界盡頭，又走回來。

我愛你。

對我而言，我愛你這句話只能接著句點，不是其他。

經歷和你的人生，我終於成為一個強者，因為人生再沒有更大的打擊了，原來，是你讓我成為強者。

原來我已經走出來，從你那裡走回我自己了。

有人為了取悅自己而無所不用其極，對此，我的感覺是矛盾的，我既不能認同也不能不認同。同樣地，也有人為了取悅他人而無所不用其極。

我一直還有童年被遺棄的恐懼？對無明，突如其來的斷裂？死亡？為什麼我不再跳舞了？二十五歲的我喜歡熱舞，當我跳舞時，旁邊的人都挪出位置，那時我什麼都不怕，對著舞池的旋轉燈。

有時，我無法忍受一些人的笑聲，太長的笑聲令我不耐。有時，我獨自一人時卻大笑許久，我也覺得驚訝。

我似乎尋覓的是更神祕的力量。我喜歡神祕學和榮格學派，譬如塔可夫斯基電影中的一幕，桌子上的水瓶突然移動起來，庫斯杜力卡電影的一幕，地上的椅子突然飄浮了起來，或者像俄羅斯畫家夏卡爾的許多畫作。榮格和佛洛伊德對話，後者規勸他的學生不要迷信神祕學，要力抗那黑色的浪潮，他坐在榮格家裡，當時木櫃突然發生聲響，兩人相互看了一眼，榮格說，等一下還可能會再響一次。

我們離開了加州，駛進沙漠，約書亞樹國家公園，那裡到處都是大型絲蘭，景色奇異，我們站在一條名為世界盡頭的小路，你為我拍照。我神色好像有一絲倉皇，但對你懷有信心。

我，因為書寫，而又想起這個珍貴的時刻，那些相愛的時刻，那時已經接近天黑，我們是最後得以進入園區的旅客，我們在日落前來到世界盡頭。

我們離開世界的盡頭。

在太多的地方。我們緊密合一，幾乎像連身雙胞胎似地過著日子，你承受了我，我成為發號施令的人，在我們的世界，我們緊緊依靠並往前走。

我們一起讚美，一起埋怨，一起責怪，我們從沒覺得我們自己奇怪。怎麼會有夫妻如此度日？我們這一生是來學習如何和對方成為夫妻，但也就是這麼一課，我們沒做好功課。

走吧，我們走吧，你總是這麼說。

到哪裡呢？

我可能不打算走大家走的那條路了。我一直走自己的路，現在，我更清楚了，原來我自己的路比較難走，現在進入一段晦暗不明，需要勇氣走下去。

你真的是陽光男孩嗎？似乎也不是。

又想起那一天，那一幕，史坦伯格湖絕美的湖畔，我們坐在湖邊的木椅上，望著暮色即將下降的湖面，一艘遊船從我們前方左邊慢慢滑駛向右邊。遊船的霓虹燈閃閃發光，我們看不清船上的遊客，但一群人似乎都沉醉在安靜的氣氛裡。

那時我看著你，你看了我一眼，我現在明白了，這並不是我的錯，我一直以為是因為我不安於室，離家過久，才造成了你的情變。不是，是我們的生活停滯，像花朵逐漸枯萎，而我們無能為力。

兩人關係是雙向的，是兩個人造成的，不可能只是一方。

那天坐在那裡一起望著湖邊駛過的那艘船，為什麼我們不相吻？

那時，你的心思開始變化了嗎？那時為什麼你沒吻我？而我又太被動，從來不曾主動表示我的愛意，為什麼我不吻你？

我發覺我們中間存在一道透明牆，是我一手建築起來的，或者我們一起建築起來的？我們生活在一起，但我從來不喜歡觸碰你，好多年了，我們碰觸不了對方。我們在湖邊裝潢房子，我又把臥室分成兩間，就像你父母，但他們是結縭五十多年的夫妻，我們還沒那麼老。

我們學你母親在花園種了許多番茄和蔬菜，但蚱蟲將蔬果吃了大半。你種了許多向日葵，我開始嫌棄，那些向日葵一整年都沒長出笑臉，一長出後便因沉重而下垂。

我們日子開始過得無聊，二人的話題都在談論那些富人平常都在做什麼。附近有一個女人有時帶著她九歲有鬥雞眼的兒子上門來聊天，還有一個鄰居是新加坡女人，她得了癌症，曾經問過我：是不是我家的風水不好？

我們左側的湖泊旅館餐廳每天都營業，其實從那裡眺望湖景最好，聖誕節時，你讓你母親住進湖泊旅館。你一點也不期待她上門來慶祝節日，你竟然這麼說。那個聖誕節，我們的關係生變，我們的人生出現歧路，你很快就要往另一個方向走。

你總是不斷地告訴別人我們如何相遇，又如何在一天便要結婚，這件事說了又說，好像這件事是我們的擺飾，我們邀請別人，這是餐點招待。

我們一直在訴說這個傳奇，我們相信了這個傳奇，卻沒活進傳奇裡，早已遠離了那個故事還不自知。

會不會我從來沒理解過我自己。很可能，我活在各種自己的想像，活在權威道德教育的影響，活在那些教條主義下的思想裡，活在許多好萊塢或歐洲電影內容當中。

我一直有想像力，我可以設身處地。但我缺乏性幻想。我是一個簡單可以被取悅的人？還是我是蠻荒的黑暗大陸，完全沒被開發？

雖然書寫時用了許多問號，但我並不覺得自己有太多疑問，我和自己對談，因為和自己對談，我克服了自己的恐懼感。

「我太敏感了嗎？」我們在一起時，你常問。是的，偶爾你太敏感，但這是所以你可以感受我。不管我們去哪裡，我們常常都會聽到清亮的鳥叫聲，感受到陽光的溫度，風是否在吹動。

這是為什麼我感受到你的愛。

或許，我和你的關係太柏拉圖式了，我和他也是。我和任何男人都只能先像朋友那樣。如果不能談心，就沒有下文。我很想和男人無所不談。和男人無所不談極其性感，那與和女人的無所不談不一樣。

在你之後，很偶然的機會認識他，他邀我跳舞，但我的舞步極差，還要一起跳下去嗎？

你會不會覺得我老在重複呢？我知道我會重複我的句子，我重複說時自己並不覺知，我在高興或不高興時都會重複。我連寫作時都要重複一些句子。我覺得有些句子的語氣必須強調。

你在關係生變後才明白地告訴我，你不喜歡我的重複。在那之前，從來沒說。

我停在這個句子上，望向逐漸天黑的窗外，我的心思都在寫作和他身上，四點前，他更多一點，現在他少一點。

現在，我並不想勉強自己去適應現在的他，相對於我的熱情，他生性有點冷漠，有時令我退縮。你是給我陽光的人。你對我就像我對他。但我也需要陽光普照。而他說，愛情不是只是取暖。自由，便是你有權選擇自己做誰的奴隸。

在我們的關係中，究竟誰是誰的奴隸？這已經不重要了，想知道的是，我們為何在一起那麼多年？我們的關係是怎麼維繫，而又怎麼斷裂。

我無能為力，一個對自己欲望不清楚的人，且常常處於思慮狀態，我的身體和思想是分開的，而我的問題極有可能是，我對自己的欲望不但不清楚而且不夠忠實。

你說，那些出門沒有人可以拍拍肩膀說聲再見的人很可憐。

他說，那些活在害怕中而不敢嘗試的人好可憐。

我覺得，想要表達卻沒有辦法表達，或表達不出自己感情的人好可憐。

我真的羨慕歸隱南山修身養性的人？還是我寧可在七情六欲中打轉翻滾？

那個晚上我為你哭了一整夜，為我自己，在聖誕夜的聚餐，我的眼淚不停地滴在火雞肉和馬鈴薯泥、碗豆上，完美的醬汁，年分很好的紅酒。那時，她也察覺了我的傷心。但我們只交換會意的眼神，我知道誰也挽回不了。

我想挽回你的心，但挽回不了，我辦不到，終究是一趟辛苦的旅程。

失去你，像失去那顆牙齒，失去正確咬合的位置，從此，我更沒有方向了。這事也只有你明瞭，只有你陪我去看醫生，從南德開車到北德，從瑞士到丹麥，只有你陪著我，而我還埋怨你開車迷了路。北德骨科權威醫生說，你對我太好了，這是為什麼我生病。他們都這麼說。我那惡魔般的高標準讓我自己生病了。

你是我一生的情人，我愛你。我在你離開的同時才知道，我愛你。

羅森漢與台北

母親是世上唯一在還不認識你前就已經愛你的人。——斐斯泰洛齊

你母親是一個安詳慈善並有氣質的女人，她年少就遇見了你父親，一生和他度過。她一生都在養生、種菜，她有一整個菜圃，她每天都食用自己種的蔬果，她使用的任何東西都是有機的，她的整個人生也是。她一直都是那個北德來的普魯斯特女孩，無人愛的女孩，在市場認識你父親，第一個她愛的人，也是最後一個。

她是父母唯一的孩子，父親繼承一個莊園，管理農地，農地大到他必須騎馬才巡視得完，而她母親是一個有藝術鑑賞力的知識女青年，你母親兒時多病，在醫院渡過許多時光，她母親陪伴著她，也常朗誦正在讀的書給她聽，因為是艱澀的文

字，她從來沒聽懂。他們住在漢諾威的莊園，父親為人嚴厲，有一次她曾看到他用馬鞭用力鞭打園丁。

她也記得莊園裡有一間深鎖的地下室，她父親不准她踏入。有一次，門剛好沒上鎖，她好奇地走進去，看到房間陳列了許多刑具，也有武器。父親不巧也走了進來，他用銳利的眼光看著她，要她立刻走出去，並且罰她一天不能用餐和進水。

在家時，她母親經常在她自己的房間讀書。夏天時則穿泳裝坐在花園裡讀，你母親至今仍保留那樣的照片，你外祖母看起來非常柔氣和優雅。

你母親也有幾張她和父母的照片。父母看起來並不相愛，沒有那種嚮往好日子來臨的那種神情，她自己站在他們中間，在照片上無知地笑著，對未來一無所知。

開始時，家裡充滿了緊張，彷彿機器上的發條上得太緊，只要有人大聲說話，極可能就會使張力爆發。她的童年都是沉默，她只有玩具，同學不准上門。後來，她常聽到父母吵架，房間的門窗是緊關的，但她能聽到一點點沉悶的暴力。她確定她的父親經常毆打母親，母親的臉龐曾瘀青甚至留下輕微的疤痕。

再過一陣子，她母親搬去一個女友家住，沒有母親的日子度日如年。她也和母親一樣，一個人上學回家後便留在自己的房間裡。父親會和她晚餐，但長桌很長，他們坐得很遠，父親進食快，他主要是要僕人倒酒。有一次，他喝醉了，女僕不小心講錯話，他站起身狠狠地揍了那個身材肥壯的女僕安娜。

她的母親和安娜關係很好，周末，安娜外出採買時帶著她，因此她順道可以去看母親，她母親一個人住在簡約的小公寓，總是為她烘焙蛋糕，拜訪的時間如此短暫，有時還來不及吃完蛋糕。

她那時感覺，母親似乎不再像從前那麼憂愁，她精心打扮，常常唱歌，並拉著她要跳舞，似乎像變了一個人。她去時，母親有個女友也在，那個女人像個男人，但對她非常好。

那樣的日子過了二年，她酗酒的父親突然認識了一個女人，那女人成功地讓他戒了酒，並且和她結了婚。那女人搬進了莊園。

從此你母親的噩夢便開始了。她的繼母視她為眼中釘，不但在丈夫不在時辱罵她，並且在她父親那邊說了許多她的不是。

她去母親那裡訴說，母親要她忍耐。她記得，她母親告訴她，等她長大，她們要一起去美利堅共和國，她母親已經學會美國人的歌。她一邊流淚一邊吃著她母親做的蘋果派。

後來，她的繼母不准女僕帶她出去採買。而且她母親愈搬愈遠，已經住到小鎮的邊緣了。過不久，老女僕安娜甚至被解雇了。她每天都期待能看到母親。但繼母不允許她去任何地方，連去花園，她都嫌她弄壞了玫瑰。她母親有一次來莊園探視她，也被嚴重羞辱，並關了大門。

有一天，她半夜偷偷溜出莊園，用最快的速度跑了半個小鎮，她赤足離開，因為不會發出聲響，她跑得真快，她在學校跑步時都比別人快，這事情大家都知道，她穿越教堂墓園，來到母親的窗前，她敲了窗。也敲了門。

闇黑的房子沒有人回應。她敲了許久，希望能敲醒沉睡的母親。終於，有一個凶惡的老婦來開門。她說，「你媽？幾天前搬走了。以後不要再來。再來我打斷你的腿。」搬走？怎麼可能？她還愣在那裡，老婦人轟地關上門，關了燈。

她邊跑邊哭，快速地穿過森林，她的腳踏過棘木和尖石，汩汩流血。清晨前，回到自己的房間，快速包紮了自己腳上的傷口。然後，假裝剛起床，吃了早餐，出門去上學。那一天，不但她的腳，她的眼睛是腫的，她的世界完全變了。

從那時起，她沒再看過她母親。她活在繼母的冷言冷語之下，父親又開始喝酒，他站在繼母那邊，不再相信她。

又隔了幾個月，有一天，她放學時遇見以前她家的女僕安娜。安娜離開之後，突然病了，去幫忙農務時，不小心被農具傷了一隻眼睛，安娜告訴她，「我知道你媽去了哪裡，」安娜將她拉到無人之處，「我媽媽在哪裡？」她連問了三次，她真是太開心了，但安娜欲語還休，「你聽過美利堅這個地方嗎？」

更後來，她才知道，她的母親和那位女友薩賓娜一起去了美國。薩賓娜是猶太人，你母親只知道她會彈奏鋼琴，尤其是拉赫曼尼諾夫，她曾經為納粹軍官彈過琴，那軍官對她非常著迷，提供她生活需要，但薩賓娜和他僅止於金錢關係，你也是後來才查過，那位叫海納的納粹軍官後來應該死於戰場。

薩賓娜也曾在北德第一家鋼琴酒吧演奏過鋼琴，但你母親問過了所有人，你也幫忙查詢，沒有人知道是那間酒吧，當時人們認為，你母親她只是個孩子，問了太多不該問的事。薩賓娜在北德沒有親人，沒有人知道她們去哪裡，連父親對此事也只有冷笑，倒是繼母覺得到美國去非常好，她在餐桌上問，船是到紐約吧，紐約是好地方。

你母親到處詢問她母親的下落，只問到她們是去不萊梅港，她們應該是從那裡搭船去美國。但是美國那麼大，她們不一定在紐約定居，不管她怎麼問，再也沒有答案，她到今天都還要你和哥哥打聽。你哥哥曾在不萊梅港找到歷史檔案資料，你母親曾經在一張照片看到薩賓娜，至少看起來像母親的友人薩賓娜，但母親呢？

你母親從來沒接過一封她的信，最後一封是從漢諾威寄出的。她一生都保存那封信，在那封信上，她說她永遠愛你的母親，永遠，她要她記得這個字。

她在父親的莊園裡的日子愈來愈悲慘，她後來有個弟弟，家裡的生活完全繞著繼母及她的兒子打轉，她是邊緣人，透明人，沒有人會在乎她，她的氣喘病又犯了，但她連醫院也不必去，因為繼母認為她是裝病。

十五歲那年，她繼母認為，一個女孩上學沒什麼用，應該去學編織。她在家不准再彈琴，只准編織。就在隔年，有一天繼母一個珍珠項鍊掉了，她問過一輪，最後還是鎖定是妳母親偷的，因為她同父異母的弟弟看過她試戴過項鍊。她是試載過那條項鍊，但她並未偷取。她成為一個小偷，在父親的莊園。

無止無盡的指責和逼問，你母親不能再病下去了，她決定離開這個家，離開父親的莊園。她靠著編織品，變賣了一些零錢，搭火車一路往南，她在羅森漢下車，羅森漢，德文的意思是玫瑰家園，她選了這個車站。因為她以為這個小鎮將充滿浪漫？她不知道這個小鎮平凡無奇，很多住在這裡的人還想離開，不然怎麼會有那部電影《巴格達咖啡館》（*Out of Rosenheim*）？先住在一個民宿，她把編織品給那人家的太太看，那人告訴她，她可以在周末市集上試賣。她去了，從此就靠編織過活。

你母親改變了一生；她在市集上遇見你父親。

那時你父親已婚，戰後的第三度婚姻並沒什麼不好，只是兩人沒什麼共同興趣，和你母親，似乎有說不完的話。他每個週末都來，刮了鬍子，穿上他那唯一的西裝外套，戴了頂帽子，冬天時圍上你母親為他編織的圍巾。

他們會去森林或湖邊散步，你父親會請你母親在城裡最好的餐館用餐，他是話不多的人，但看到她，只要她開口問他，他便可以說個不停，這一點，他自己也非常驚訝。

美好溫暖的戀情進行了一個秋天，還沒過完冬天，你母親在市集上聽到了閑言閑語，她畢竟是你父親的婚外情，深深愛上你父親的她陷入了兩難，經過幾天思索，你母親在某一個週末市集上告訴你父親，她要結束關係，或者他必須離婚，只能二選一，如果，不能離婚，她能理解，但以後真的不必再見面。

你母親毅然決然不再去市集了，她搬了家，在門口貼了一個小廣告，開始在家裡為人編織。這樣的日子過了三個月，有一天她坐在窗前繡補，看見一個男人的身影走過籬笆牆，正覺得奇怪，男人在外面敲門，她開了門。

是你父親。他問你母親，「妳願意為我編一雙襪子嗎？」她還來不及回答，他便擁她入懷，他說，這三個月我都在想著你，無時無刻。你母親在他懷裡流了淚，她也是，她可能想得更多。

你的父親離了婚，他們也很快結了婚。

在你走後，我多次拜訪你母親，她一次又一次耐心聽取我的述說，關於她的兒子，他古怪且激烈的愛情，她知道你愛我，她也曾擔心你愛我更甚於她，事情的發展總是不如人意，多少次她假裝生病希望你回家，她曾經擔心你會為我搬到亞洲。你父親過世以後，她堅強地站起來，而且過得更好，參加幫助智障者的活動，並且參與小鎮的讀書會。

她還一個人住在空蕩蕩的大房子，兒子偶爾來一下，兒媳婦更少。她只剩下這個兒子，他最愛的兒子。她要我去找她，但她不能勸我什麼，她只希望我堅強。「讓他看到妳沒有他可以活得更好，」她這麼告誡我。

她是一個好母親，我羨慕你，我羨慕任何有母愛的孩子。

我的母親跟她不一樣。我的母親個性比我更軟弱，她或者不夠幸運？因為我的父親不愛她，這使她一生很不幸福，她沒有能力愛我，因為沒有人愛過她，連她母親也不愛她。

你是幸運的，你有一個堅強並愛你的母親。

印象中的母親是昏躺在水源路上。我當時非常驚訝，那一年是我國三吧，放學回家時，遇見她昏迷在路邊，因為安眠藥吃太多了，可能是夢遊。

不必敲門，房門是開的，永遠開著，這是她進來療養院前的要求，那時她尚有意識，正常人的意識？為什麼不要關門？令我想到你的父親，連窗戶都不能關。因為要逃命。母親坐在床上，她一看到我便笑了，我向前緊緊地擁抱了她。多麼瘦削的身軀，我的淚水快流下來了，但我瞬間變換了笑臉。

最近好嗎？我開始以閩南語和她交談，那是我的母語，我和任何人都不說閩南語，只和她。但我的閩南語詞彙有限。我沒怎樣，你呢？她看著我，眼神裡有某種疑惑，但她停在那裡。

她是不是想知道，我到底過得好不好？或者她想知道但她沒問起你。我真希望她提及，但她沒有，我希望她問，但又不希望，我從小與她關係不親密，但她會在算命時提到我，神算告訴她，她必須移動家裡的魚缸位置，否則我會遇人不淑。母親移動了魚缸。

我將她推至安養院的觀景室，她坐在輪椅上，我站著，我們沉默地看著那一窗陽明山仰德大道附近的山景。那時她一直笑著，後來，愈來愈沒了笑容。情況每下愈況，因為她無法待在那裡，那張床，那窗美景與她完全無關。她總是想走，想走，無法待在床上，獨自下床，終於摔斷了髖骨。那療養院決定把她綁住，否則不願收留。

我們只好回到父親以前住的療養院，那裡接受她不捆綁，同樣的女看護，來自菲律賓，母親無法吞嚥，因為食道過度乾燥，不能喝水，必須吃果凍。

我總是懷疑，那是做為她女兒的一種直覺，或許醫生簡化了判診，或許母親故意配合，所以她患老人失智症，我應該羞愧，我無法獨力照顧她。

媽，我只能輕輕的抱著她，緊緊的抱著她。我不知道她為什麼愛那個男人，那個她口中的混帳東西，那個外遇不斷的人，那個是我父親的人。

那是在慕尼黑，在我們的理想之屋，父親和母親都來了，你還租了一個小巴士載著我們全家到處在南德旅行。那時是在前院，母親戴著太陽眼鏡坐在椅子上曬太陽，那是唯一一次，她平靜而愉快，就那麼一次，短暫的時刻，之前之後，都是抱怨，無止無盡的抱怨。父親到他死前都在外遇關係中，而我只能看著她衰敗，在我的夢中她從樓梯上朝著我跌落。

父親在最後一次外遇前還和她住在一起，是睡同一張床。後來父親再不回來了，她一個人開始和鄰居打麻將，可能精神不濟，輸錢居多，最後她看電視，看電視廣告買了許多神藥，她真的吃，不停地買，接著，許多人都進來了，許多人都搬進來了，她報了警，你看到他們了嗎？你看，你看，她要上門的年輕警員注意，但她指著電視。

醫生從警員的說法判斷母親精神分裂，至少是失智。

噢，母親，我不孝順，就像無法和父親一樣，我也無法和她親近。我難忘那些被處罰的經驗，她是用塑膠水管鞭打我，何以至此？那時我是少女，而她如此絕望。夏天我必須穿長袖，為了遮蓋那些瘀青，我做錯了什麼，母親又怎麼了？為什麼我在發育的時候沒有東西吃，經常吃一片一片的吐司？為什麼母親沒有告訴我，女性成長是怎麼回事？任憑我像野男孩般地長大成人。

母親沒教會我怎麼愛。

而你說，我的母親不應該，她沒給我的愛，你願意給我，而且你真的給了我。

你有一個自立的母親，我有一個受苦的母親。

阿里阿德涅的紅線

在迷宮裡的男人尋找的不是真理，而是阿里阿德涅。——尼采

你其實一向對人冷漠，對我卻又不同。或者，那是你愛人的方式，你必須付出再付出，為前前女友寫博士論文，為前女友寫雜誌的邀稿，陪我看病找醫生，你永遠沒有得到你應得的回報。

你永遠得不到愛。不但我無能給你，別人也不行。那是你的命。那也是我的命。

餐廳的名字是「美好的義大利」（**Bella Italia**），對我，義大利是美好的，我們常在那裡午餐，我點了奶油麵，你點了瑪格麗特披薩，我們進食一半，有人傳了

簡訊給你。

我看著你，以為這無非一則簡訊。

但你有那種眼神，好像你正在旁觀周遭的一切，你抬高一些右邊的眉毛，「哦，這是個壞消息，」因為我們經歷這麼多次後，正打算好好重新開始二人的生活，「但可能也是一個好消息。」你看著我，眼神開始有一點無助，你的無助正在撼動我。

「她懷孕了。」

這是我人生看過的最大騙局，但你不知，還是佯裝不知？

你真的把我切成兩半。我成為被切半的蚯蚓。從此要自己存活。

我從來沒見過這個女人，你的朋友又說，我和她長得也很像，我太難想像。怎麼可能？她是德國人，我是東方人。

之後，你在擺盪，我也是，我們的生活開始大幅度擺盪。我們去了台灣、義大利，又是巴黎，去那著名的夏特迷宮，似乎為了逃避問題，我們經常在路上，我們去了巴登巴登，我們又去了瑞士，總是開車去義大利，我們去了太多城市，去普羅旺斯、坎城、蔚藍海岸，我們去瑞士盧加諾、處女峰，就像那麼多年，我們總是在路上，但這一次，你的心似乎在又不在，我才發現我從來沒那麼注意你。

我也未正視那負面的陰暗的我。

那一天我憤怒至極，我打電話的手都在發抖，我想從任何人那裡得到鼓勵，我必須把我的憤怒說出來。

我是一個被母親鞭打過的孩子，母親是因為對父親憤怒而鞭打我，我無法回擊，也不會回擊，那時我只有不解，我只能逃跑。

那時我沒回擊，現在我也無能回擊。我當然認為是她的介入，才使我們的關係出現了斷裂。但其實不是她的錯，你才是幫凶。我不能接受，我選擇對她回擊，我做了一個錯誤的決定。我迷失了，我完全走錯方向。

我曾經對周遭世俗事物如此輕蔑和不耐，別人很容易便踐踏我的作品，雖然我可能矯揉造作，但批評我的人更矯情。

沉思到此，眼裡有淚，我知道，我畢生不會殺人，就算我是役男，我亦不會從軍，但如果因緣際會有人要殺戮我，萬不得已，我可能也必須回應。

當時是因為恐懼。我恐懼我們的關係因她已然破裂，而你每次回到我身邊都帶著她的陰影，她那無聊的謊言，謊言那麼明顯，只有你無法辨識。

我的恐懼是你相信她的謊言。這世界不再有真理，只有技巧、手段及謊言。

我們的世界從此就斷裂了。

我們一起迷失了。我們不斷出發去巴黎、瑞士、義大利。我們開車上路，但她的陰影跟著我。我們到夏特大教堂，你在迷宮的圖案裡懺悔，我意識到，你真的在迷宮裡，但你是那頭半牛半人的彌諾陶洛斯（Minotaur）。

我是阿里阿德涅（Ariadne），我得找到紅線，我得跟著紅線才能離開你。

但我們無法離開迷宮，我也像在迷宮裡行走的遊魂。

我成為遊魂，在希臘神話故事中，我從一個迷宮走出來，又走入另一個迷宮。

那只是一種想像。

另一種想像：我離開了迷宮，我找到紅線的祕密。文字便是我的紅線，我掌握了紅線的祕密。

你跪在夏特大教堂，我站在你身後，你一個人跪在那裡。我那時祈求這一切都在這裡重新開始，但你去買了明信片，你寄了明信片給她的孩子，因為孩子無辜，而且你愛孩子。

夏特大教堂陰氣太重了，兩個教堂的建築線條也不和諧，從我們下榻的旅館窗戶就可以看見，尖尖的建築指向天空，大家來這裡朝聖，旅館的房間全部客滿，我們一路向西、向南，但你的心卻給了她的孩子。

我可能有幽室恐懼症，只是不那麼嚴重，比較嚴重是我有密集式恐懼，我無法觀看任何密集的畫面，一點都無法，這常常令我不安。

我被你的執迷震撼無比，開始詢問自己，究竟什麼是正常？

如果這是一場戲。人生如戲，愛情也都是一個一個不同的戲碼，我是否入戲太深？但不入戲又怎麼演得好？

為什麼一次又一次，我要接受你從她那裡回到我身邊？明明你說過，瓷器已經摔破，我卻願意一次又一次地用強力膠將之黏合，又眼見它破裂？

此刻，我知道，我只能抒發自己無謂的憤怒、傷心與絕望。

一個字又一個字地寫。

為什麼是我？為什麼是你？為什麼是她？

情感有什麼定律？

對你，我從未質疑，為什麼是我？剛好是我。為什麼剛好也是我。

我沒有拒絕你，那時我完全沒有疑問，我跟著你走，我跟著你。

而她這個人似乎熟悉韓劇內容，她便是那內容。

你一離開她，回到我身邊，她就昏迷送醫。她母親得了癌症，還能上門求你一定不要放棄她女兒，不然她死不瞑目。她可以懷胎三個月才流產，胎兒流入了馬桶，令人不齒的說法。她要她前夫的孩子每天打電話給你，她有那麼多的戲劇，隨著故事發展而即興演出。但她愛你，這也不是她的錯。

我輾轉難眠，看著你呼呼入睡，看著她精心策劃一場場的戲碼。真令人發愁。米夏耶。

我們在夏特教堂外的旅館，我從窗外眺望教堂，一高一低的建築，陰天，不祥的預兆，我們在小鎮上走著，肅殺的巷弄有黑貓閃過。我們在一堆椅子內終於找到古老迷宮的圖案，我們把椅子取走推開，我看著你走進迷宮，其實是我，我是阿里阿德涅，是我身上綁著紅線，但我還無法走出迷宮。

那條紅線時而具體時而又抽象。

我眼看那戲如是發生，我無力再說服你，我看著你一次一次地淪陷，又棄械投降，又回到我這裡。

你已然是迷宮裡的半人半獸。

太多次了。

我們必須停止。

我必須停止。

我必須深呼吸，好幾次走在街上覺得自己快崩潰了，會不會有一天我被這些事弄瘋了呢，我必須深呼吸，深呼吸，再深呼吸，那是老天給我的禮物，呼吸，深呼吸，我只要深呼吸便可以活下來。

但你每次都是懺悔。一次又一次的真心懺悔。

什麼時候你成為這麼樣的一個人，一個男人，所有典型的描述的男人，我無法知道你的確實想法，我再也無法信任你了。

我們失去最多的，是我們失去人生最需要的信任。

從此，我們分道而行。

命運之愛

Amor Fati.——拉丁語諺

那些年我們談心，談了許多正事，也談了一些雜瑣的小事，無事不聊。你在報社當編輯時，你的老闆正要離婚，你提到他有一個全慕尼黑最厲害的女律師，她為他爭取了許多好處，必須付的贍養費也少了一大半。你也提到你哥的離婚，你媽媽如何展開保衛戰，因為你嫂子不但不工作，沒有收入，還每天用信用卡提款。

我沒想這些事情最後都與我們有關。

人生發生於我最遺憾的事情之一，就是我提及離婚。我不該輕易放棄了不該放棄的，固執地堅持了不該堅持的。你就找了那位老闆的女律師，你曾經說她是全慕尼黑最令人頭疼的女律師，你不在乎律師費，既然要律師，那就找最好的律師。

要得到什麼，就會失去什麼，這是生活教會我的，因為生命不完美。我後悔了，不但我不要離婚，而且你的離婚財產協議不公平。一個德國女友說她也有一個很厲害的女律師，沒什麼好害怕。我抄下了電話號碼。

我終於打了電話，是在史瓦濱一棟老建築，體面大廳，Art Deco的家具，女律師當然對我非常友善，她要我把我的人生訴說一遍，也對我的寫作很好奇。嗯，很好，她給我一種感覺，她傾聽我如朋友。然後我們約了時間，她要我把所有的資料交給她，她說的都是好話。我帶著信心離開。

我開始大量和律師電郵和簡訊。律師的來函逐漸只是要告訴我，她沒有時間處理那麼多，但她引述那麼多法律條文，說得好像她是萬能的，她什麼都想到了，其實所有的事情都是我自己的錯。

我不該跟你開戰，我一個人，面對整個德國法律，我瘋了嗎？還是我只是不想離婚？我掉進了深淵。所有的德國法律條文字字句句我都明白，但字裡行間，我依然不懂。這位女律師應該沒有那個女律師厲害，她自己也可能默認，但律師的費用是一模一樣的天價。

我早該知道如此。

律師帳單一張一張寄給我，愈來愈昂貴。每次打開帳單都心驚膽跳。開戰之後我和你成為敵人，律師對律師，信函對信函，技倆對技倆，你對我。

我發現你所有祕密。父母為了逃稅，為你在美國買財產和保險，你從來沒告訴我。原來你的父母早已在為你籌劃準備，萬一你走上離婚，你確定不會被分掉一絲財產。

是的，不屬於我的我也不要，但即便如此，你未免太殘忍，出爾反爾，是我最不能接受的事情。原來你並不善良，一點都不。原來已到夢醒時分。難怪大部分的人走上離婚便再也不來往，有孩子的女方甚至不要男方來探望自己的孩子。

你也發現了我的祕密，我和你不是第一次婚姻。我曾經和一個法國人有過短暫婚姻，但我不認識那位男子，我對他也不懷抱興趣，我甚至從來沒履行過夫妻的行房。他為了和我在一起，做了絕大的努力，但我不領情。他的朋友說我在利用他，他們非常討厭我。年輕的我，不知天高地厚，整天都坐在咖啡館裡和同學喝咖啡、抽菸。

你曾經談過別人的離婚，你哥如何的無能。但你的完全不一樣，你媽媽全部替你避免了，你的女律師太厲害了。我的律師無法招架，我也奄奄一息。早知如此，我和你協議離婚即可。

剛開始我常打電話給你母親，她一方面想從我這裡知道我的盤算，一方面她不確定她兒子的想法，也想安撫我，但後來她也受不了這類的談話，沒有方向，我沒有方向，只希望她兒子能回返心意，收回律師函，怎麼可能？我一定迷失了，那時一個女人，不，五個女人都在他身邊出意見，她是雙胞胎，她不但有一個五歲的女兒，還有一個會下愛情指導棋的媽媽。當然，還有你母親。

我常常對你母親說一樣的事情，我當然常常說一樣的事情，這世上已經沒有任何事情可以讓我常常說。我說了又說，說了又說。已經全是囈語。

聖誕節到了，又到了，一年過了。海德堡的男人陪我一起上靜坐課。我們去法蘭克福，住在同一家旅館，我訂了不同的房間，整夜在房間裡昏睡。他在另一個房間等我。第二天一早我起床後，等了一個合適的時間打電話給你母親，這一次她說不行了，她和你們過了聖誕節，你母親說，他的心已經不在了，這次是確定了。確定心已經走了。

我經常上靜坐課，因為期待混亂的日子可以安靜下來，但我卻在閉關時還帶著筆電，有空便在筆電上寫小說。我過了許許多多那樣的日子，漫長，漫長，漫長。

靜坐時間漫長，寫作也漫長，每一個句子都漫長。思索的長夜更漫長。

我原諒了你。因為我怕失去你。

同樣的時間，我父親患病查出肺癌，但他繼續說謊，騙到一個女人，他總是這麼迷人，應該說是那女人願意上當，如果能騙一輩子，那也是愛情。他對她謊稱是肺癌初期，他成功地搬到那女人家裡，又再度拋棄了母親，母親開始亂吃電視買的成藥，可能是平衡感變弱，常常摔跤，先是摔斷了胸骨，再來是髖骨。是不是一種自暴自棄？一種變性自殺？她不願走路，慢慢地，她不願意坐著，只能躺下。

我們分居而住，你來找我。我的無語只是想說服你收回律師函，你不肯，你也不再出現。我飄浮在生活的邊緣，等待自己與自己的復合，撕裂後的皮肉痛楚，零到十，我說不出來，是七是八還是九，已經麻木了。沒感覺了。

我在寫那本沒有自我的小說。寫了又寫，改了又改。我不是男人，亦非外國人，更不是古人。但為什麼一定要是？她們說，如果不寫作，她們一定會是妓女。在一定的程度上，其實並沒有什麼不同。但是有些作品太神聖，好得出奇，那不是賣淫，那是和神祇對話。

我們在一起的那些年，我從來不需要花時間猜想你的心思，但從那一句話開始，就再也回不去了，「我好像不再愛你了。」好像，是好像，你不再愛我了。

冷戰時，西方和蘇聯都各有心思，但彼此都了解對方的行動意涵嗎，或者不。或者不，我們還在談戀愛嗎？我們為什麼不再談戀愛了？

你留下了許多質問給我。有關我人生的質詢。有關於我們的關係。為什麼我對性生活沒有興趣？與男人，尤其與你。為什麼我容易害羞？為什麼我常常無感？我為什麼不能善待自己的身體？我為什麼不愛你？到底恐懼什麼？

Amor fati，尼采也說過，我愛我的命運，不管是什麼命運。沒錯，我必須。

那天我穿了極短的洋裝，我請一位男性友人陪我一起去。這是我第二次上慕尼黑法院，上次是為人作證，這一次是為離婚簽字，我不想去，真不想去。慕尼黑法院老建築，我們站在大窗戶旁邊等律師，你來了，一個人，以前你都是這樣一個人出現，都是為了要來接我，但今天是來簽字，為了分道揚鑣。我們被帶到另外一個房間等待律師，她遲到了，我終於看見你的律師，原來她是這個樣子，幾乎像一個平凡的家庭主婦，你和她默契十足地走進另一個房間。

我的律師看了陪伴我出席的友人一眼，她認為他是我的新男友，她說，噢，「我明白了。」但她什麼也不明白。

我的律師不需要理解我，我甚至也不需要你理解我。我得先理解我自己。也許我終生不會理解，我匆匆忙忙地簽了字，很快便離開法院了。

夫妻本是同林鳥，大難來了各自飛。我常常在心裡引述這個句子，但並沒有什麼災難，真的沒有。

那一天是平凡無奇的一天。

我們也都是平凡無奇的人，這世界上的事情也多半平凡無奇，從此我們就各自走上自己的路。

一切歸零。

夢寐

在那做夢人的夢中，被夢見的人醒了。——波赫士

在一個像圓明園的廢墟，我好心地指引兩位外國女生出路，我發現我熟悉她們的語言。我原來是外星人，現在我才知道。我只剩下住在療養院的生病母親和兩個妹妹，我和她們到國外旅行，我仍然像個局外人。

我再也找不到她們。她們去了一個風景優美的地方潛水，懸崖水深，四處無人，我看不到她們的身影，只好返回旅舍，但我走錯路了，愈走愈遠，天黑，山路危險，我小心地前行，終於回到住處，有人告訴我，她們出發到另一個島了。

我站在房間裡看出去，遠處好像是從淡水看觀音山，又像從南德的安巴赫

（Ambach）望向史坦伯格湖，景色宜人，令人安心。我慢慢醒來，我注意到房間愈變愈小，而且房間內另有房間，有人走了進來，是你。我高興又安心。

窗外似乎有什麼身影飄過，我告訴你，我們必須換一間房間。而且我要出發去看一場表演，時間所剩無多，我們等待著友人的直昇機。

我們飛過藍色海面，經過很多拱門和浮在水上的浮塔座標。一座又一座懸空的門，直升機直接把門撞開，我們抵達了城市一座表演場所，飛機在上空迴旋，我們無法降落，你坐在我身邊，我突然覺得你是這樣乏味的一個人，我以前一點都不覺得。

隨後，我自己一個人走入表演廳，我帶著棉被進場，邀請我出席的是一位女明星，她坐在表演廳左邊座位上，戲即將開演，大家都入座了，我打算沿著牆往前走，不驚擾任何人，她卻看到了我，大聲呼叫我的名字，全場因而鼓掌，我對帶著棉被出席感到靦腆，只好立刻坐了下來。

中場休息時，我上了無人的舞台。舞台上有許多飄動的白布，像浮雲的布景，我在白帳幕中走動，布幔在動，我走不出來，被白布捲入，我快不能呼吸了，經歷瀕臨死亡的恐怖感，布幔突然鬆開，我快速離開那裡往外走。

那是在哥本哈根，我拜訪一位作家女友，她家已有兩位男士到訪，一位是她的兒子，她介紹了，另一位是她以前的同事，原先個子嬌小的她變得嫵媚高大，穿著長裙，頭髮又長又黑幾乎像女神。她住的社區有許多大樹，樹根大到可以躺人。她說她父親在她兒時都在樹根上乘涼睡覺。我極羨慕她和她父親的關係。

夢中有夢。

我站在她的花園，一個賞心悅目的角落，我和你有約，但我反正已經遲到，不如好好欣賞一下花園。

我必須上洗手間，這一次我沒帶錢，怕要收費，有人指點我，另有一處，但非常簡陋，我怕髒，非常猶豫。隨即看到地下室有一出口通往像歐洲老建築的洗手間。

洗手間的女廁造型奇特古怪，我必須站著如廁，我正這麼做時，一位黑髮男子，法國或義大利人，走入洗手間，他一直注視著我，我感到尷尬，便要求他離去。然後，我在洗手間裡點燃香水蠟燭。但有人在門外敲門。

我回到餐館，繼續我和某位男子的約會，他是詩人，寫了些精美的詩句，我幾乎全會背了，英文字字清楚，我們各自點了義大利麵，應該是一個情人的約會，但他卻告訴我，我的呼吸太急促，已失去之前的優雅，我略感驚訝他這麼說，他轉身和別人打招呼。

桌上是一本他的翻譯詩文，翻譯文也很精美。我繼續細讀每一行，那是辛波絲卡的詩。

有一晚，也許是同樣的夢，
到了早上變得模糊，
每個開始
畢竟都只是續篇，
而充滿情節的書本
總是從一半開始

我又回到巴伐利亞某處山上，騎著自行車要去與你會合，背包裡有筆記本和錢包，我停下來在山泉處汲水喝，轉眼自行車不見了，背包也不見了。

回到旅館你仍然不在，沒有留言，沒有訊息，我坐在床沿等你，第一次渴望能看到你回來。我將會對你好，我不會隨便走，也再也不讓你走。

場景換到另一個不知名的地方，台灣或德國，我打算到別處過夜，告別對我有敵意的朋友，我走過小鎮，步上鋼索橋，看著江水滾滾。

我走到河的對岸，張望著，發現一個長的隊伍正在等待遊輪的到來。原來大家要去波茨坦，而我是要到柏林，我必須退出隊伍。但隊伍穿過船隻的樓梯，我行動不便，且要經過帶著孩子的家長。孩子急著攀越，喧譁。

我下了階梯，啤酒園坐滿人在喝啤酒，有人對我招手，要我坐下來，那是一名黑髮男子。長得和你很像，不，更像法國影星，我於是坐在他身邊，打算好好和他說法語。

那一天是我生日，你在舒曼酒吧宴請大家，酒吧為了聚會歇業一晚，所有我們認識的人全到了，你上台致詞，將我的人生事蹟說了一遍。特別說明我們兩人如何認識，如何閃電結婚，如何一路攜手走來。你致詞時，我感到難為情，我站在牆邊，舒曼酒吧老闆走向我，將他的手搭在我肩上，他是為了向我致意生日快樂，但他的搭肩讓我更難為情，因為他很英俊，是女生都會著迷的對象。我的身體僵硬，對他的動作沒反應，他將手移開，並向我道歉。不，你不必道歉。我想對他說時，他已經離開。

我們二位柏林的朋友，我不確定是誰，在門口接我，我和他們前往潘斯勞爾山，我在柏林的家，我必須回去拿幾本我自己寫的書。那似乎是圍牆時代，像我剛到的柏林，那時兩德尚未統一，我們偷渡到東柏林亞歷山大廣場地鐵站下車，佯裝無事，在廣場的舊書攤翻閱各種版本的馬克思和恩格斯。

經歷了幾條路，我終於回到婚後我在克萊姆街的房子，時間所剩不多，他們必須離開，我無法帶走那些書，但我必須帶走自己的書，我決定先吞食下去。我拆開書封外的塑膠袋，把書吞下，我感到身體極不舒適，但我和他們一起離去，鎖上我的房子。

離開那裡，我們往柏林潘柯的方向快速走，我又再度落後，並且停下來在路邊嘔吐，我的胃極為不適，那一陣子我有胃潰瘍。

你睡在我身邊，一如既往，你睡得安穩。我坐在床上看你安然入睡，我試著叫你，你毫無知覺，我那樣坐在那裡，所有的怨恨和不安湧入我的心裡，「明夏，你必須起床，我們談一談，」你睜開睡眼看了我一眼，過一會也坐了起身，「我得喝杯咖啡才行，」你說。「我替你煮咖啡。」我站起身，你又躺了下來。

黑夜，我們是在巴德街的閣樓，我端了煮好的咖啡，我站在你面前，但你沒回應我，又陷入深沉的睡眠之中，我自己喝著苦澀咖啡。

我對著窗外許久，你突然出現在我身後，我回頭想擁抱你，但你手上持著刀，我驚訝地和你爭奪，沒想到一刀卻刺進你的心臟，你摸著傷口坐在床邊，我也坐了下來，血洶湧地流了出來，把你的睡衣和被單全沾濕了。

我看著你躺了下來，你睜開眼睛看著臥室的天花板，你試著移身但無法動彈，用眼角看了我一眼。我轉眼望了一眼我們的窗戶，窗戶之前被我打開，遠處的公寓樓梯間亮了起來，有人半夜回家，過一會，樓梯間的燈又熄了。

血仍汩汩地流著，現在已滴下床角。我拉開被單的一角，在你身邊躺下。我貼近著你的身體，也閉上眼睛。

血已成河，而我們飄流其上，緊緊擁抱。

出發

時光流逝了，而我依然在。——阿波利奈爾

清晨時分，我醒了。

我一個人。

這是一張我一時無法辨識在何處的床鋪。在剎那中，我有那種熟悉的位置錯亂感。是因為我總是在旅行、遷移，還是因為我戀家？我從小到大住過太多地方，不同的臥室，不同的床鋪，原來現在是這一張床。我來到這裡。乾淨整潔。一邊是書架，上面擺了許多我有興趣的書，壁紙也是我喜歡的顏色和圖案。一邊是衣櫃，櫃裡掛著所有我鍾愛的衣服，櫃上陳置了許多照片和花朵。空氣裡瀰漫著花香，我聽到窗戶外的鳥叫聲，陽光照射進來，明亮但柔麗，一種要重新出發的感覺在心裡升起。

我看著一張我置於床前櫃上的照片，原本我毫無記憶，現在，我依稀想了起來。

我是另一個行星來的孩子，我躺在搖籃裡微笑，揮動者小手，那時一歲或兩歲。母親為我穿上鞋，父親抱起我，將我置於地上。

我迎著光向前踏步，一步又一步，步伐雖小，但我快步踏出，周圍是人們的笑聲，可能是母親和阿姨或者外婆。我努力地繞了一大圈，雖然搖搖晃晃，但我未跌倒，我開心地往前走，然後我父親一把抱起我。

他抱著我，並把我往上空扔去。啊。寬闊的世界。世界愈來愈寬闊。光影仍然明亮而柔麗。

幼兒的我，下降。

下降。

在即將摔落前，父親接住了我。

INK PUBLISHING
印刻文學 589
德國丈夫

作　　者　陳玉慧
總 編 輯　初安民
責任編輯　陳健瑜
美術編輯　黃昶憲
校　　對　呂佳真　陳健瑜　陳玉慧

發 行 人　張書銘
出　　版　INK 印刻文學生活雜誌出版股份有限公司
新北市中和區建一路249號8樓
電話：02-22281626
傳真：02-22281598
e-mail：ink.book@msa.hinet.net
網　　址　舒讀網http：//www.sudu.cc

法律顧問　巨鼎博達法律事務所
施竣中律師
總 經 銷　成陽出版股份有限公司
電　　話　03-3589000（代表號）
傳　　真　03-3556521
郵政劃撥　19785090　印刻文學生活雜誌出版股份有限公司
印　　刷　海王印刷事業股份有限公司

港澳總經銷　泛華發行代理有限公司
地　　址　香港新界將軍澳工業邨駿昌街7號2樓
電　　話　852-27982220
傳　　真　852-31813973
網　　址　www.gccd.com.hk

出版日期　2019年 2 月　初版
ISBN　978-986-387-274-0

定　價　300 元

國家圖書館出版品預行編目資料

德國丈夫／陳玉慧作. -- 初版. --
新北市：INK印刻文學, 2019.02
面；　公分. -- (印刻文學；589)
ISBN 978-986-387-274-0（平裝）
857.7　　107022320